AF669640

पेंगुइन स्व

मेहमान

राजेन्द्र सिंह बेदी हिन्दी और उर्दू के सफल उपन्यासकार, निर्देशक, पटकथा लेखक और नाटककार थे। इनका जन्म 1 सितम्बर 1915 को सियालकोट, पंजाब, ब्रिटिश भारत में हुआ था। यह पहले अखिल भारतीय प्रगतिशील लेखक संघ के उर्दू लेखक थे। जो बाद में हिन्दी फिल्म निर्देशक, पटकथा लेखक, संवाद लेखक बन गए। यह पटकथा और संवाद में हृषिकेश मुखर्जी की फिल्म अभिमान, अनुपमा और सत्यकाम और बिमल रॉय की मधुमती के कारण जाने जाते हैं। इनका *एक चादर मैली सी* बहुचर्चित उपन्यास है, जिस पर फिल्म का निर्माण भी हुआ।

मेहमान

राजेन्द्र सिंह बेदी

पेंगुइन स्वदेश
पेंगुइन रैंडम हाउस इम्प्रिंट

पेंगुइन स्वदेश

यूएसए। कनाडा। यूके। आयरलैंड। ऑस्ट्रेलिया। सिंगापुर
न्यू ज़ीलैंड। भारत। दक्षिण अफ्रीका। चीन

पेंगुइन स्वदेश, पेंगुइन रैंडम हाउस ग्रुप ऑफ़ कम्पनीज़ का हिस्सा है,
जिसका पता global.penguinrandomhouse.com पर मिलेगा

पेंगुइन रैंडम हाउस इंडिया प्रा. लि.,
चौथी मंजिल, कैपिटल टावर-1, एम जी रोड,
गुड़गांव 122 002, हरियाणा, भारत

पेंगुइन
रैंडम हाउस
इंडिया

प्रथम संस्करण हिन्द पॉकेट बुक्स द्वारा 1975 में प्रकाशित
प्रथम हिन्दी संस्करण हिन्द पॉकेट बुक्स में पेंगुइन रैंडम हाउस द्वारा 2022 में प्रकाशित
यह संस्करण पेंगुइन स्वदेश में पेंगुइन रैंडम हाउस द्वारा 2023 में प्रकाशित

10 9 8 7 6 5 4 3 2

ISBN 9789353492809

मुद्रक : रेप्रो इंडिया लिमिटेड

www.penguin.co.in

MIX
Paper from responsible sources
FSC® C047271
FSC www.fsc.org

This is a legitimate digitally printed version of the book and therefore might not have certain extra finishing on the cover.

क्रम

मेहमान

मैं शुरू ही में माने लेता हूं कि मुझे मेहमानों से नफरत है, सख्त नफरत। चाहे मैं इतना पढ़ा-लिखा नहीं, पर यह बात ज़रूर जानता हूं कि हमारी सभ्यता में मेहमान का बहुत बड़ा दर्जा है। यह तो मेहमान की अपनी करतूतों और उसके नाम में लगे हुए फालतू-से 'म' ने गड़बड़ कर दी वरना वह था ही 'महान'···आप ज़रा इसे लिखके तो देखिए।

अतिथि-सत्कार का हमारी पुस्तकों में बड़ा महत्त्व है। जगह-जगह यह सीख दी जाती है कि मेहमान कैसा भी हो, उसे भगवान करके माना जाए। उस ज़माने में शायद खयालात की भरमार थी, अथवा सोच-विचार की कमी कि उन दर्शन-शास्त्रों के लिखने वाले घूम-घामकर फिर शब्द 'मेहमान' पर चले आते थे। शायद वे यह सब इसलिए करते थे कि खुद उनके पास पहनने को लंगोटी थी और न खाने को रोटी। और वे जानते थे कि एक न एक दिन उनको किसीका मेहमान होना ही पड़ेगा। अगर यह बात ठीक है कि मेहमान का दर्जा भगवान का है तो मैं बड़ी नम्रता से आपके सामने हाथ जोड़कर कहूंगा कि मुझे भगवान से भी नफरत है।

जिस ज़माने में हमारे शास्त्र लिखे गए थे, तब जगह की क्या कमी थी? सिवाय विशालता के और था भी क्या? नीचे ज़मीन, ऊपर आसमान और बीच में मेहमान, चाहे दर्जनों लटक जाएं। आज किसके पास 10 × 10 फुट से बड़ा कमरा है? बदकिस्मती से मेहमान अगर छः फुट का आ जाए तो आपको टांगें सिकोड़कर, उन्हें छाती से लगाकर बाकी चार फुट में गुज़ारा करना पड़ेगा, हालांकि

मरने के लिए भी मनुष्य को कम से कम छ: फुट जगह चाहिए, जिसमें कि मेहमान पड़ा होता है···सुबह उठेंगे तो आपकी टांगे छाती के साथ ही लगी रह जाएंगी और जब उन्हें फैलाने की कोशिश करेंगे तो यों लगेगा जैसे आप फिर से पैदा होने की कोशिश कर रहे हैं।

पहले वक्तों में हमारा पूरा फलसफा मेहमान की मदद करने पर तुला हुआ था। जब लोग जंगल में जाकर कंदमूल खा लेते थे और इसी में संतुष्ट हो जाते थे। लेकिन आज का कमबख्त मेहमान चिकन-रोस्ट से कम बात ही नहीं करता। कुछ इस अंदाज़ से चिकनी-चुपड़ी बातें करता है कि आप अपने-आपको क्वालिटी रेस्तरां में बैठा हुआ पाते हैं। आखिरी दम तक यही मालूम होता है कि बिल आप देने वाले हैं—यह मसला आपका है, मेहमान का नहीं कि देश-भर में खाने के लिए नहीं, राशनिंग की तलवार सिर पर लटक रही है, बीवी की शक्ल दुकान पर खड़े-खड़े 'क्यू'-सी हो गई है। फिर पिछले ज़माने में इंसान ज़्यादा थे, मेहमान कहीं इक्का-दुक्का मिलता था। लेकिन आज, मालथ्यूस के सिद्धान्त के अनुसार, इस भूखी-नंगी दुनिया में मेहमान ही मेहमान रह गए हैं, इंसान कहां नज़र आता है? उस ज़माने के मेहमानों में फिर भी कोई आंख की शर्म थी, हया थी, दूसरे की तकलीफ का एहसास था, लेकिन आजकल के मेह-मान? अरे तौबा! आप तो उन्हें मुझसे बेहतर जानते हैं, क्योंकि हिन्दुस्तान में कोई ऐसा आदमी नहीं, जिसे इस मूज़ी से पाला न पड़ा हो। वह मौत की तरह हर एक के सिर पर आता है। जीना झूठ है और मरना भी झूठ। सिर्फ मेहमान ही सच है। आजकल के मेहमान को तो बस गोली मारिए। ज़रा सोचिए तो हम खुद जो इस दुनिया में कुल दो दिन के ही मेहमान हैं, अपने सिर पर एक और मेहमान को ले आएं, जो महीने से पहले जाने का नाम ही न ले!

न साहब! घर में मेहमान लाने से तो अपनी बीवी पर सौत ले आना अच्छा।

इस दुनिया में तकल्लुफ की भी एक जगह है। मसलन आप किसीके घर खाना खाएं तो शोरबे में डूबे हुए दो आलुओं के बारे में ज़रूर कहना पड़ेगा, "वाह साहब! मज़ा आ गया। बरसों के बाद ऐसा लज़ीज़ खाना नसीब हुआ है।" या रुखसत होते समय अपने मेज़वाने की बीवी के बारे में कहना होगा, "आपकी बीवी बड़ी

'चार्मिंग' है।" समझदार मियां तो इस बात को समझता है। वह सिर्फ एक बार मुड़कर अपनी बीवी को देखता है और फिर घबराकर बूट के तस्में बंद करने लगता है। लेकिन मेहमान? आप कहीं गलती से उन्हें कह दें, "आप गरीबखाने पर तशरीफ ले चलिए। वह आपका ही घर है।" तो फिर देखिए, कैसे वे आपके यहां पधारते हैं और वहीं कैसे अपनी कब्र बनाकर रहते हैं। आपको, अपनी बीवी, आपके बच्चों को मजावर बनाकर छोड़ते हैं। कुछ दिनों के बाद आपको ही घर में महसूस होने लगता है कि आप अपने ही घर में मेहमान होकर रह गए हैं। मेज़बान तो वे हैं, बज़ाते-खुद!

अपने दिल में फिर से घर का एहसास जगाने के लिए आपके पास एक ही तरीका रह जाता है और वह यह कि अगले फेरे में आप उनके घर मेहमान हो जाएं और हर बात में उनकी झोंपड़ी को दौलतखाना कहें। 'तशरीफ रखिए', 'पहले आप' और इस किस्म के जुमलों का आज़ादाना इस्तेमाल करें। फिर एक और बात—जो उनसे न हो सकी—उनकी बीवी से इश्क भी करें। इसलिए नहीं कि आपका जी चाहेगा, बल्कि इसलिए कि उस कमीने को पता तो चले कि किसी दूसरे के घर में मेहमान कैसे हुआ जाता है···!

बम्बई के फ्लैटों के बारे में तो आप जानते ही हैं। साले बहुत ही फ्लैट हैं। इनमें अगर आप एक चारपाई रख दें तो दो पाये वाले के लिए कहीं कोई गुंजायश नहीं। आखिर चारपाई तक पहुंचने के लिए थोड़ी जगह तो चाहिए ही। बहरहाल वह खाट जिसे आपकी बीवी दहेज में लाई थी और जिसे आप पलंग न कहें तो वह मरने-मारने के लिए तैयार हो जाती है, मेहमान को देनी पड़ती है और खुद नीचे सोना पड़ता है। बदकिस्मती से अगर आपके मेहमान अपने साथ अपनी बीवी को भी लाए हों तो फिर आप ऊपर सो सकते हैं न नीचे। हां, तो जब आप मेहमान साहब को चारपाई पर सोने के लिए कहेंगे तो पहले वह ज़रूर कहेंगे—नहीं साहब, यह कैसे हो सकता है? आप पलंग पर सोइए, मैं नीचे सो जाता हूं। लेकिन उनकी नीयत हरगिज़ ऐसी न होगी। वह जानते हैं कि उनकी खातिर करके मेज़बान अपने कर्तव्य का पालन कर रहा है। उसके इस आतिथ्य से इंकार किया तो बेचारे मेज़बान पर क्या बीतेगी? अतएव वह पलंग पर टांगें फैलाकर मज़े से सो जाएंगे।

थोड़ी देर बाद आपको यों लगेगा, जैसे दुश्मन का रेडियो ब्राडकास्ट कर रहा है। लेकिन आप कोड नंबर न जानने के कारण इसे समझ नहीं सकते। फिर आपको अचानक खयाल आएगा—नहीं भाई, इस 'वेव लेंग्थ' पर तो पहले ही बीसियों प्रसारण सुन चुके हैं। यह तो मेहमान के फर्राटे के खर्राटे हैं।

अतएव मेहमान साहब सो रहे हैं। हमेशा की नींद नहीं। सुबह वे फिर जग जाएंगे। आप और आपकी बीबी सोच रहे हैं कि कल इनको क्या खिलाएंगे! आप सोचते तो नीला थोथा हैं और लाते सेब हैं, जिनका मुंह भी महंगाई के इस ज़माने में आपने महीनों से नहीं देखा। फल बेचने वाला पेशेवर आदमी है। वह आपको देखते ही ताड़ जाता है कि हो न हो, इनके घर में कोई मेहमान आया है और अतिथि-सत्कार की भावना इनके मन में ज़ोर मार उठी है। अतएव वह सेब तो एक देता है और रुपये दो मांगता है, जैसे अकेला वही सेब है जो हवाई जहाज़ में बैठकर कश्मीर से आया है। फिर आप आम खरीदने का फैसला करते हैं, क्योंकि वह अपेक्षाकृत सस्ता पड़ता है। घर पहुंचकर आप इस एक आम की कई काशें काट-कर मेहमान के सामने रखते हैं, ताकि उसे एक के दो मालूम हों। मेहमान एक बार फिर आपका दिल नहीं दुखाना चाहता। अतएव लपड़-चपड़ वह सारे का सारा आम चट कर जाता है। आप सोचते हैं, शायद वह समझ रहा है कि अंदर और भी बहुत-से आम हैं। वह नहीं जानता कि अंदर सिर्फ बीबी है, जो गुस्से से कांप रही है और उसकी शक्ल अनन्नास की सी हो गई है।

मेहमान के घर में आने की वजह से सबसे बड़ी बेहूदगी जो होती है, वह है आपके सब भेद, सब पोल खुल जाना। आप घर में आधी खाएं या सारी, या भूखे ही सो रहें, लेकिन मेहमान के आते ही आपकी कलई खुल जाती है। आप कितना ही उससे छिपाने की कोशिश करें, मगर वह सब ऐसे ही बेकार है, जैसे कार्क को पानी में डुबोने की कोशिश। मेहमान उस वक्त अंदर से खुश, लेकिन बाहर से उदास दिखाई देता है और अकसर यह फिकरा कहता है, "क्या हुआ भाई, घरों में ऐसा होता ही है···"

वह हमदर्दी कर रहा है, जिसे आप सख्त नापसंद करते हैं। जब तक आप पड़ोस से सौ रुपये का नोट पकड़ सकते हैं, अपनी घड़ी

बेच सकते हैं, बीवी की चूड़ियां गिरवी रख सकते हैं, किसीको हमदर्दी जताने का क्या हक है? अगर आप किसी न किसी तरह वस्तुस्थिति को छिपाने में कामयाब हो भी जाएं तो फिर वह बड़ी धूर्तता से कुरेदने की कोशिश करता है, "क्यों भाई, कारोबार का क्या हाल है?"

आप जवाब देते हैं, "अच्छा है।"

"कोई तरक्की-वरक्की नहीं हुई?"

"हुई क्यों नहीं?—हर साल ही होती है, जैसे हर माकूल हिन्दुस्तानी औरत के बच्चा पैदा होता ही है।"

अतएव हंसी में बह जाने की वजह से आपको बिलकुल अंदाज़ा नहीं रहता कि आप कैसे धीरे-धीरे मेहमान की साज़िश में आ रहे हैं। आपके भोंड़े मज़ाक पर वह आपसे कहीं ज़्यादा हंसता है और स्वीकार भी करता है कि उसके पेट में बल पड़ गए। और फिर एकाएक आपको पूरे तौर पर न देखते हुए अपने तरकश से एक और तीर छोड़ता है, "अब तो तनख्वाह तीन सौ रुपये महीना हो गई होगी?"

आपके स्वाभिमान को चोट लगती है और कुछ याद नहीं रहता, "तीन सौ?···पांच सौ तो मेरी पिछले बरस थी।···" जभी आपको पता चलता है, आपने क्या हिमाकत की। खुद को कुएं में गिराकर अब आप बचने के लिए बेकार ही हाथ-पैर मारते हैं और कहते हैं, "पांच सौ में तो आजकल बनता ही क्या है? कुछ इन्कम-टैक्स कट जाता है, कुछ इंश्योरेंस, प्रॉविडेंट फंड में चला जाता है। कुछ बीवी कमेटी के लिए रख लेती है, ताकि उस बेटी की शादी कर सके जो अभी पैदा नहीं हुई है।···" लेकिन साहब, आप कुछ भी कीजिए, मेहमान अंदाज़ा लगा चुका है कि आपके घर और कितने दिन रहा जा सकता है।

हर माकूल आदमी का बीवी से झगड़ा होता है, क्योंकि मर्द-औरत का रिश्ता ही झगड़े का है। लेकिन जब मेहमान घर में आता है तो वही झगड़ा महाभारत की सूरत अख्तियार कर लेता है। बीवी आपसे कितनी नफरत करती है, इसका उस वक्त तक पता नहीं चलता, जब तक मेहमान घर में न चला आए। जैसे आपको भूलने के सिवा कुछ नहीं आता, ऐसे ही बीवी याद रखने के सिवा और कुछ नहीं जानती। जाने कब का द्वेष आपके खिलाफ मन में

लिए बैठी है, जो मेहमान के आते ही पंडोरा-बक्स की तरह आपके सिर पर उलट देती है—सीधे मेहमान से मुखातिब होते हुए भी वह कहती है, "देखिए भाई साहब, दिन में चौबीस घंटे पान खाते हैं और इसपर दूध का एक गिलास नहीं पीते। आप बताइए, इनको खुश्की होगी कि नहीं? न नाश्ते का कोई वक्त है, न खाने का।···अब पीने की नई लत पड़ गई है। इस बात के इंतज़ार में रहते हैं कि कोई मेहमान आए और इनके पीने का बहाना हो जाए··· आज तो मैं इन्हें हाथ भी न लगाने दूंगी।"

"किसे?" मेहमान शरारत से कहता है।

बीवी कुछ मुस्कराते और कुछ शर्माते हुए कहती है, "बोतल को, और किसे? आप भी बिलकुल न पीजिएगा भाई साहब!"

मेहमान थोड़ा घबराने लगता है और स्वर में वह प्यार ले आता है जो वह अपनी सगी बीवी के लिए कभी नहीं लाया, "कभी-कभी पी लेने में कोई हर्ज नहीं भाभी! मर्द लोग···"

बीवी एकाएक मेज़ पर हाथ मारकर कहती है, "नहीं!"

"हां।" मैं जवाबन कहता हूं और बोतल ढूंढ़ने चल निकलता हूं, जो बीवी ने गोदरेज की अलमारी में छिपा रखी है और ताला लगा दिया है। मैं चाभी मांगता हूं और वह ठूंठ दिखाती है। मैं जानता हूं कि चाभी कहां ठुंसी है। लेकिन मेहमान के सामने वहां से निकाल नहीं सकता। लेकिन चूंकि मेरी पति-सुलभ प्रतिष्ठा को ठेस लगती है, इसलिए मैं आगबबूला हो जाता हूं और बीवी के खिलाफ ज़हर उगलने लगता हूं, "ये औरतें!···आप दो रुपये कमाएं और दयानतदार आदमी की तरह आते ही एक रुपया इनके हाथ में थमा दें। बाकी के रुपये में आप बस का किराया रखें और सिर्फ अठन्नी अपने मौज-मेले के लिए। तब भी इनकी निगाह आपकी अठन्नी पर रहेगी। मर्द से ये आखिरी सांस तक निचोड़ लेंगी और जब वह मर जाएगा तो ऊंची-ऊंची आवाज़ में रोएंगी। इस-लिए नहीं कि वह मर गया है बल्कि इसलिए कि अब निचोड़ेंगी कैसे?"

"बको मत!" बीवी की बुलन्द आवाज़ आती है और आप देखते हैं, उसकी सांस धौंकनी की तरह चलने लगी है। अभी से उसे फिक्र पड़ गई कि यह गया तो रुपया कहां से आएगा। लेकिन

आप अपना टैम्पू कम नहीं होने देना चाहते। आप मेहमान से कहते हैं, "आप ही बताइए भाई साहब! हर बीवी शादी के दस साल बाद में यह हो जाती है। उस दुल्हन को देखने के लिए जिसे आप बरसों पहले घर लाए थे और जिससे अगाध प्रेम किया था, दो घूंट पीना ज़रूरी है या नहीं? यह ज़लील-सा घर हमारा··· जब मैं पी लेता हूं तो मुझे यह सोने जैसा मालूम होने लगता है और गंदा-सा मुहल्ला हैंगिंग-गार्डन।" फिर मैं आंखों से शोले और अंगारे बरसाते हुए बीवी की तरफ देखता हूं और कहता हूं, "देखो शान्ति! मुझे आकाशवाणी हो रही है।"

बीवी आकाशवाणी का मतलब समझती है, इसलिए डर के मारे चाभी मेरे हाथ में थमा देती है। लेकिन इसके बाद जो हथियार मेरे खिलाफ इस्तेमाल करती है, उसके सामने आकाशवाणी भी कोई हकीकत नहीं रखती। वह रोने लगती है और मेहमान से कहती है, "आपको क्या बताऊं भाई साहब! जब यह पी लेते हैं तो आदमी नहीं रहते।"

"क्या हो जाते हैं?" वह पूछता है।

बीवी हिचकिचाते हुए कहती है, "बाहर जाते हैं।"

"बाहर जाने में क्या हर्ज है?" मेहमान भोलेपन से कहता है, "बाहर खुली हवा···"

"ओहो! आप नहीं समझते।"

"ऊंहूं!" मेहमान कहता है जैसे वह समझ रहा हो।

"आप ऐसे नहीं, तो समझते हैं दुनिया में कोई भी मर्द ऐसा नहीं।" और फिर घिघियाकर रोने लगती है। और हमारे देखते-देखते वह नीच और घटिया मेहमान हम मियां-बीवी पर जज बनकर बैठ जाता है। बीवी मुझे नुक्तों से भरी गालियां देती है और मैं उसे बे-नुक्ता सुनाता हूं। मेहमान बीच-बचाव करता है। बाहर से दुखी, मगर अंदर से सुखी नज़र आता है। आखिर वह मुझे बेतहाशा कोसने लगता है, "शर्म आनी चाहिए आपको! हमने हज़ारों औरतें देखी हैं, लेकिन शान्ति जैसी देवी नहीं देखी। आप अगले सात जन्म तक भी लगे रहें तो ऐसी सती-सावित्री आपको न मिलेगी।"

"अगले सात जन्म? मैं पिछले सात जन्म से लगा हुआ हूं।"

"क्या कहा?"

"पिछले सात जन्म से सती-सावित्री की तलाश में हूं और अब जाकर मुझे यह मिली है—शान्ति। अब तो मुझे मोक्ष मिलने वाला है।"

बीवी श्रद्धा-भाव से मेहमान की ओर देखती है। मैं समझता हूं कि क्या हो रहा है। इस घर में मेहमान की नौकरी पक्की। यह तो मोटी अक्ल का मेहमान भी जानता है कि किसीके घर में रहना है तो बीवी के साथ बनाकर रखो। अब वह मुझे और भी बुरा-भला कहने लगता है। बीवी चूंकि मर्द का 'ईगो' (अहं) होती है इसलिए मियां ऊपर से बेहद खफा होता है, लेकिन भीतर से खुश। बीवी के सिलसिले में उसे खाना खाकर इतनी खुशी नहीं होती जितनी जूते खाकर होती है। हर बीवी किसी प्रतिकार-भावना से चाहती है कि मर्द को वह बे-भाव की पड़ें कि नानी याद आ जाए और फिर वह विवश होकर उसकी शरण में चला आए। जब वह, उसे ऐसा प्यार दे जैसा मां ही अपने बच्चे को दे सकती है, जब वह पड़ोस के कलुआ से पिटकर घर आता है।

लेकिन आपका मेहमान थोड़ी ही देर में आपका सब मज़ा किरकिरा कर देता है। वह आपको आंख मारकर एक तरफ ले जाता है और बालकोनी पर ले जाकर बड़ी राज़दारी से कहता है, "आप भी एक ही पिनकी हैं। होती मेरी बीवी तो एक झापड़ देकर घर से निकाल देता।"

मेहमान को घर से भगाने का एक ही तरीका है। उसके कपड़ों पर स्याही उड़ेलने, रोटी में रेत डालने, घर का मेन स्विच ऑफ कर देने के सब तरीके पुराने हो चुके हैं। नवीनतम तरीका यह है कि खुद एकदम घबरा जाओ, जिससे आपका मेहमान भी घबरा जाएगा। उसकी इतनी खातिर करो कि वह तौबा-तौबा बोल उठे। उसका पांव ही ज़मीन पर न पड़ने दो। उसके मुंह से 'प' नाम का अक्षर निकले तो दौड़कर पानी का गिलास ले आओ। पलंग पर बैठा वह ज़मीन की तरफ देखे तो स्लीपरों की जोड़ी उठाकर सामने रख दो। वह आपसे बार-बार माफी मांगेगा, लेकिन इस बात का आपपर ज़रा भी असर न हो। बाथरूम का बटन आप दबाओ, नल भागकर खोलो और ऐसे में दीवार से टकराकर अपना सिर

फोड़ लो। गलती से वह कहीं खुद हाथ धोने लगे तो एक तौलिया लेकर खड़े रहो। टट्टी का लोटा खुद हाथ में लेकर उसके सामने बैठ जाओ और उसके मिन्नत करने पर भी न टलो। लेकिन याद रहे, ये सब नुस्खे बारीक अक्ल के मेहमानों पर चलते हैं, मोटी अक्ल के मेहमानों पर नहीं। पहले मेहमान को मैं बारीक अक्ल का समझा था, मगर वह मोटी अक्ल का निकल आया। मेरे यह सब करने के बाद उसने मुंडी हिलाई और कहा, "आप बड़े देवता आदमी हैं।"

जब मेरी समझ में आया कि मैं क्या हूं।

फिर मेहमान के साथ जो उसकी बीवी आती है, वह अजीब ही चीज़ होती है। न जाने आप कैसे उसी वक्त अंदर के कमरे में जाते हैं, जब वह कपड़े बदल रही होती है। वह आपको देखते ही हड़बड़ाकर एक तरफ को भागती है, आप खड़खड़ाकर दूसरी तरफ। इसी घबराहट में उसकी रही-सही साड़ी भी खुल जाती है और जब आप दोनों सख्त वहशत की हालत में विपरीत दिशाओं में भागते है तो जाने कैसे फिर बरामदे में टकरा जाते हैं। आखिर बड़ी मुश्किल से आप अपने-अपने होंठ पोंछते हुए अलग हो जाते हैं।

मेहमानों के साथ एक बहुत बड़ी पूंछ भी आती है, जिसका नाम बच्चे हैं और जो शक्ल ही से मेहमान के बच्चे मालूम होते हैं। आप भी जानते हैं कि बच्चों से प्यार करना चाहिए, क्योंकि वे परमात्मा के राजदूत होते हैं। लेकिन इसका क्या किया जाए कि छोटे चू-चू की नाक बह रही है, जिसे वह हमेशा अपनी कमीज़ के कफ से पोंछता है। बड़ा बाहर से खेलता हुआ आता है और अपने कीच से लथपथ पांव दीवान पर रख देता है। उनकी मां औपचारिक रूप से उन्हें डांटती है; लेकिन आप कहते हैं, "बच्चे हैं भाभी, ये तो ऐसे ही करेंगे जैसे बच्चे करते हैं। इन्हें रोकना बड़ी गलती है।" यही नहीं, अपने इल्म के ज़ोर पर आप उसे बताते हैं कि बच्चे अगर थोड़ी-बहुत तोड़-फोड़ न करें तो उनकी ध्वंसकारी भावनाएं दब जाती हैं और उस समय निकलती हैं जब वे बड़े होते हैं। लेकिन यह बात आप भी नहीं जानते कि आजकल के बच्चे आपकी सब बातें समझ रहे हैं। अभी आपने खाने के लिए ग्रास

मुंह में भी नहीं रखा कि धड़ड़ड़ड़ धड़ाम की आवाज़ आती है। आप सब भागते हुए बगली कमरे में पहुंचते हैं तो देखते हैं कि लेनिन की मूर्ति, जो आप लेनिनग्राद से लाए थे, ज़मीन पर गिरकर टुकड़े-टुकड़े हो गई है और चू-चू पास खड़ा कुछ फातिहाना और कुछ मुजरिमाना अंदाज़ से हंस रहा है—हे-हे-हे-हे···अब मां दिखावे के लिए उसे मारती है। लेकिन साफ पता चलता है कि वह किसी फूलों की छड़ी से उसकी मरम्मत कर रही है। अब आप हैं और आपकी बीवी जो उसे छुड़ा रहे हैं। आपका अन्तःकरण तो कहता है—साले को नंगा करके, टकटकी लगाकर वह बेंत मारो कि चमड़ी उधड़ जाए; लेकिन ऊपर से आप कहते हैं, "क्या हुआ भाभी, बच्चे तो तोड़ेंगे ही। मैंने आपसे कहा नहीं था? ··· छोड़ो, अब मार ही डालोगी मासूम को।" फिर छुड़ाने के बजाय उसे आगे धकेलते हुए आप कहते है, "रूसवाले अब मझे रिएक्शनरी (प्रतिक्रियावादी) समझने लगेंगे। वरना मैं एक और मूर्ति मास्को से ले आता।"

बिजली मुझपर उस वक्त गिरती है जब मेरा मेहमान और उसकी बीवी दोनों मिलकर बच्चे से कहते हैं, "नमस्ते करो, नमस्ते करो अंकल को···अरे किंग!"

अब किंग मां की धोती पकड़कर उसके पीछे छिपने लगता है और संदिग्ध भाव से आपकी तरफ देखता है और बड़ी अदा से कहता है, "नाईं···"

बच्चे का बाप उसे पकड़कर सामने लाते हुए कहता है, "अरे नमस्ते कर साले। अंकल चाकलेट देंगे।"

तभी मां इतराती है, "मेरा किंग चाकलेट बहुत पसंद करता है।"

और आप चट कहते हैं, "चाकलेट ले दूंगा, बेटे, टॉफी भी।" हालांकि अंतःकरण कहता है, 'थोड़ा पोटाशियम साइनाइड भी।' मैं फिर शुरू होता हूं, "तुम्हारे लिए गुब्बारा लाऊंगा, किंग! बहुत बड़ा गुब्बारा। नमस्ते···"

"ही-ही-ही—नमस्ते!" आखिर किंग कहता है।

फिर उसका बाप शुरू होता है, "यार किंग! अंकल को ए, बी, सी, डी सुनाओ।"

किंग इन्कार में सिर हिलाता है और फिर मां के पीछे छिपने

लगता है।

"अरे सुनाओ न, शर्मा क्यों रहे हो?" मां उसे फिर सामने लाते हुए कहती है, "अंकल साइकल लेकर देंगे।"

"हां।" मैं कहता हूं, "कार भी ले दूंगा।"

तब किंग फार्म में आता है और कहता है, "चाभी-कार नाईं, अंकल! ···वह वाली।" और फिर वह दोनों हाथों से स्टीयरिंग व्हील की शक्ल बनाता है।

आखिर मेरे वादा करने पर वह शुरू होता है, "ए, बी, सी, डी, ई···ही-ही। मुझे शू-शू आया है, मम्मी!"

"अरे!" मम्मी यों मुंह बनाती है जैसे कोई अनहोनी हो गई हो, "चल अंदर।"

और वह वहीं से उसका इज़ारबंद खोलती हुई किंग को बाथ-रूम की तरफ ले जाती है। लेकिन जाते में यह भी कह जाती है, "बिलकुल बाप पर गया है। काम के वक्त सोसो···"

बाप हंसता है, मैं भी हंसता हूं, मेरी बीवी हंसती है—सारी दुनिया हंसती है।

मेहमान फिर शुरू होता है, "बड़ा समझदार है अपना किंग।"

"क्यों न हो," मैं सहमत होता हूं, "समझदार माता-पिता की संतान···"

हालांकि मेरा अन्त:करण कहता है, 'गधे का बच्चा गधा ही होगा, घोड़ा कैसे हो जाएगा?'

तभी एक तरफ से क्वीन चली आती है, अंग्रेज़ी जेंडर के सब कानून झुठलाती हुई, क्योंकि वह क्वीन होने पर भी किंग की बहन है। वह अपने भाई की लोकप्रियता देखती और जलती रही है। शायद इसलिए कि वह किसी कन्या पाठशाला में पढ़ती है। सामने आते ही वह बिना किसी फरमायश के एक पुराना, बेसुरा राग गाना शुरू कर देती है:

"हे दयामय हम सभोंको शुद्धताई दीजिए···"

मैं भजन सुनता हूं, लेकिन न जाने क्यों मुझे अपनी ताई याद आ जाती है जो बहुत ही शुद्ध है··· मैं अपना पीछा छुड़ाने के लिए क्वीन को बीच में ही टोक देता हूं और कहता हूं, "वाह, क्या गला पाया है···बड़ी होगी तो लता मंगेशकर से कम क्या होगी!" और

मेरे अन्तःकरण से आवाज़ आती है, 'भेड़ की औलाद।'

लेकिन क्वीन बदस्तूर गा रही है। अंतरा पहले और स्थायी बाद में। इससे भजन और भी प्रभावकारी हो जाता है :

"ऐसी क़िरपा और अनुग्रह हम पे हो परमात्मा।"

चूंकि वह बच्ची है, इसलिए भलाई और बुराई में तमीज़ नहीं कर सकती और बड़ी नम्रता से प्रार्थना करती है, जिससे वह पुराना और घिसा-पिटा गाना नया और माडर्न हो जाता है :

"दूर करके हर भलाई को बुराई दीजिए।"

इतने में किंग निपटकर आ जाता है और क्वीन को गाते देखकर शुरू हो जाता है, "मैं भी सुनाऊंगा उर्दू का सबक।"

"अरे सुनाओ, सुनायो किंग···यार! किंग, तुम तो···" हम सब कहने लगते हैं।

अब किंग एक ही सांस में सबक सुना जाता है :

"बिच्छू से किसीने पूछा, 'तू जाड़े में बाहर क्यों नहीं आता?'

"बिच्छू ने कहा, 'गर्मियों में मेरी कौन-सी खातिर होती है, जो जाड़े में भी बाहर आऊं?' "

और फिर किंग एकदम उलटा सांस लेता है—हा!

आखिर एक दिन हमें सहसा पता चलता है कि हमारे मेहमान जाने वाले हैं। यह नहीं कि वे पहले ही से हमें अपने स्वर्गवास होने की खबर दे देते हैं, बल्कि कुछ यों कि एक सुहानी सुबह को हमारा मेहमान हमारे पास आता है, मुहब्बतभरा हाथ हमारे कंधे पर रख देता है और आहिस्ता-आहिस्ता खुद सरकता और हमको सरकाता हुआ बालकोनी की तरफ ले जाता है और खुसरफुसर के अंदाज़ में बात शुरू करता है, "बात यह है, मैंने बैंक में एक चेक डाला था···"

मैं एकाएक सब समझ जाता हूं और उसी वक्त पूछता हूं, "कै रुपये चाहिए आपको?"

वह कहता है, "मैं दिल्ली पहुंचते ही लौटा दूंगा।"

अब मैं अपने मेहमान को यही नहीं बता सकता कि जो आदमी मुझे पैसा लौटाने की बात करता है, मेरा उसके मुंह पर तमाचा

मारने को जी चाहता है। खैर, वह तो मेरा अंतःकरण है। मैं उसे सिर्फ इतना ही कहता हूं, "अरे यार, तुमने आते ही क्यों न मांगे ··· कितने चाहिए?"

"ज़्यादा नहीं, वह कहता है, "यही तीन सौ रुपये।"

मैं तुरन्त भागा हुआ अंदर जाता हूं और अपनी बीवी के पैरों पर सिर रख देता हूं और उससे तीन सौ रुपये लाकर मेहमान को दे देता हूं। वह कुछ खिसियाने अंदाज़ में मुझे कष्ट देने की क्षमा चाहता है, लेकिन वह यह नहीं जानता, मैं अंदर से कितना खुश हूं। भला मेहमान, उसके लाव-लश्कर—किंग, क्वीन, प्रिंस रायल और उसके पूरे शाही खानदान से छुटकारा पाने की तीन सौ रुपये भी कोई कीमत है!

बीवी या बीमारी

जब से दुनिया बनी है, बीवियां बीमार होती आई हैं, अतएव मेरे हिस्से में जो बीवी आई वह भी बीमार थी—है।

बीवियां अपनी बीमारी का सबसे बड़ा कारण पति को बताती हैं वरना मायके में वे भली-चंगी थीं, हिरनी की तरह कुलांचे भरती थीं। अलबत्ता बीच-बीच में इस बात पर मचलती थीं कि ज़रा-बीमार होकर देखा जाए। अतएव इसी उम्मीद और खुशी में ढोल ढमाकों के साथ रेशमी कपड़े पहने और जड़ाऊ ज़ेवरों से सज-सजाकर ससुराल की चौखट पर पैर रखती हैं। थोड़ी ही देर के बाद बीमारी का अमल शुरू हो जाता है। नौसिखिया (पति) दूल्हा दुल्हन के आते ही उसे जकड़ी हुई देखकर सख्त घबराता है और भागा हुआ भाभी या मां के पास पहुंच जाता है जो उसके फूहड़पने पर खूब हंसती हैं। चूंकि उसे किसी दूसरे का मुंह तो मिलता नहीं, इसलिए अपना-सा मुंह ले लौट आता है। शादी के पहले ही चंद दिनों में मियां को पक्का करने के लिए बीवी तन्दुरुस्ती के दिन, अर्थात् कुंवारपन और मायके को याद करके रोने लगती है। जहां वह अपनी नींद सोती और अपनी ही नींद जागती थी और यहां उसे परायी नींद सोना पड़ रहा है और परायी ही नींद जागना। अलबत्ता आंसू खास उसके अपने ही होते हैं और वह कभी दुल्हा के आंसू नहीं रोती।

फिर वे दिन आ जाते हैं जब वह वाकई चिकित्सा की दृष्टि से बीमार होती है। मियां एक की जगह दस दवाएं लाता है, अच्छे से अच्छे डाक्टर को दिखाता है, जो बीवी से कुछ सवाल करते-करते

यों ही मियां से भी कर जाता है और उसे सख्त शर्मिन्दा होना पड़ता है। लेकिन बीवी की बीमारी डाक्टर को नब्ज़ दिखाने और दवाइयां लाने से नहीं जाती। वह उस वक्त तक रहती है जब तक मियां दवा अपने हाथ से नहीं पिलाता। वह रूठती है, बुरे-बुरे मुंह बनाती है। मियां प्यार का धोखा देता है या धोखे से प्यार कर जाता है। यह थू-थू करती है, वह फू-फू करता है। आखिर आधी दवा अंदर जाती है, आधी बाहर गिरती है और कुछ देर बाद श्रीमती के मुंह का स्वाद ठीक होता है तो पति के गले में बांहें डालते हुए एक अदा से कहती है, "ऐ, तुम्हारे हाथ से तो मैं ज़हर भी पी लूं।" और मैं यहां अपने मित्र भाइयों को मशवरा दूंगा कि बीवी की और बहुत-सी बातों के साथ इस बात को भी सफेद, काला, चाहे जिस रंग का झूठ समझें, वरना फांसी हो जाएगी।

अगर बीवियां आसपास न हों, या हों तो हमेशा की तरह अपनी ही बात में किसी दूसरे की न सुनें, तो मैं आपको बताऊं। बीवियां दरअसल बीमार नहीं होतीं। वे यों ही थोड़े से नोटिस पर बीमार होकर दिखा देती हैं। इस बात को जानने के लिए कि उनकी बीमारी के साथ उनका होता-सोता कितना बीमार दिखाई देता है, कितने दुःख और हमदर्दी का इज़हार करता है। पत्नियों के कोष में इस बात का दूसरा नाम प्रेम है। अगर मियां के चेहरे पर बीवी की बीमारी के कारण चिन्ता के कोई चिह्न दिखाई न दें तो वे उसे अत्यंत नीच और दुष्ट व्यक्ति समझती हैं। लेकिन दिल में खुश होती हैं और कहती हैं, 'मर्द है!' अगर वह कहीं हमदर्दी का इज़हार करे, करवट-करवट साथ मरे तो यों देखने में खुश नज़र आएंगी, लेकिन अंदर से कहेंगी, 'ज़नखा है मुआ!'

मैं बड़ी बीमारी की बात नहीं करता जो कि बीवी खुद होती है। उन छोटी-छोटी बीमारियों का ज़िक्र कर रहा हूं, जिनका दर-असल कोई अस्तित्व नहीं होता और जो मर्द को उकसाने के लिए बीवी दिन-रात पैदा करती रहती है। खालिस बीवी होगी तो सवेरे उठकर शिकायत करेगी, "आज मेरा सिर कुछ भारी-भारी है।" फिर वह नाक सुकेड़ेगी, हाथ कनपटियों पर रख लेगी और उसकी यही बात आपको प्यारी लगेगी। आप खुद भी महसूस करने लगेंगे कि इसकी वजह आप खुद हैं। आप बड़ी मुहब्बत के साथ कहेंगे,

"ओहो, एस्प्रीन है घर में?" अतएव एस्प्रीन होगी, कोडोपायरीन भी होगी, मगर वह खाएगी नहीं। और आप सोचने लगेंगे—इसका कुछ न कुछ भारी ही रहता है। सिर नहीं तो पैर ही सही। फिर बीवी के बदन में एक हिस्सा होता है, जिसे वह कमर कहना पसन्द करती है। याद रहे, यह औरत के बदन का वह हिस्सा है जिस-पर हमारे कवियों और गद्यकारों ने बहुत कुछ लिखा है और अति-शयोक्ति में इसे नाज़ुक-पतला होना तो क्या, न होने के बराबर कर दिया है। मगर बीवी के सिलसिले में वही कमर हकीकत बन-कर सामने आ जाती है। बीवी की कमर को हाथ रखकर देखा जाए तो वही चीज़ अच्छा-खासा कमरा मालूम होने लगती है। वह होता या होती तो बदन ही के साथ है, मगर आपको इसे टूटा हुआ होने की कल्पना करनी पड़ती है। बीवियां इतनी सादा-सी हकीकत नहीं जानतीं कि मियां को उनके बदन के हर हिस्से से हम दर्दी और प्यार होता है। मगर कमर से नहीं, क्योंकि मर्द का स्व भाव उसे गायब देखने का होता है। बहरहाल बीवी की टूटी हुई या टूटती हुई कमर पर कोई लेप, क्वाटीफलाजस्टीन असर नहीं करता और न जोड़-दर्द दूर करने वाली गोलियां। लेकिन चूंकि अब तक आप भी खालिस मियां हो चुके हैं, इसलिए इसी कमर के गिर्द हाथ डालकर कहते हैं, "बन्नो! आज तुम बड़ी हसीन लग रही हो।" फिर कहां की कमर और कहां का दर्द! हकीकत यह है कि कमर-दर्द के लिए इससे बेहतर दवा आज तक साइंस ईजाद नहीं कर पाई।

मैं जानता हूं किसी भी समाज में बीवी की बीमारी पर हंसना अच्छी बात नहीं, मगर इसका क्या इलाज कि वे रोने भी तो नहीं देतीं। जैसे उनका मियां ज्योतिषी है, या वली अल्लाह है और जानता है क्या होने वाला है। अतएव बीवी की बीमारी के दिनों में मियां स्वर्ग और नरक के बीच कहीं त्रिशंकु बना उलटा लटका होता है। चेहरा देखो तो विषाद के घटाटोप बादल छाए हैं। दिल को कुरेदो तो एक हंसी है जो इस कान से उस कान तक फैलती चली जा रही है और मुंह से नाभि तक ज़बर्दस्त झटके दे रही है।

यह एक नैसर्गिक सत्य है कि सृष्टि में मादा नर से ज़्यादा सख्तजान होती है और उससे ज़्यादा लम्बी उम्र वाली। यही कारण है कि बीमार बीवी अत्यन्त निश्चिन्तता के साथ दिन में बीस-तीस

मर्तबा तो ज़रूर कहती है, 'हाय, मैं मर गई। लेकिन यही बात अपने मियां को नहीं कहने देती। वह जानती है कि अगर उसने कहा, 'मैं मर गया,' तो वह सचमुच मर जाएगा! जल्दी या आसानी से मर जाने की सज़ा कुदरत ने मर्द को शायद इसलिए दी है कि उसकी लिंग-प्रणाली औरत की पेचीदा यौन-प्रणाली की अपेक्षा बहुत ही सीधी और सरल है। शायद इसीलिए बीवियां मियां की निरन्तर एक-सी स्वस्थता से ईर्ष्या करने लगती हैं, क्योंकि इन मर्दों को तो कुछ होता-हुआता नहीं, हालांकि इन बेचारों का कसूर है तो सिर्फ इतना कि पहले वे मर्द बने और दूसरे उनके शौहर। वे मियां को देख-देखकर यों ही कबाब होती रहती हैं और किसी तरह उसका भला नहीं चाहतीं। इसलिए वे मर्द के रंडुआ हो जाने को अपने बेवा हो जाने से अच्छा समझती हैं।

बीवियों की बीमारियों में से कुछ कहने के लायक होती हैं और कुछ न कहने के लायक। मियां को इस बात की समझ बहुत देर के बाद आती है और उसकी समझ का सिलसिला हमेशा की सीधी-सादी आज़मायश और गलती, बल्कि हिमाकत से शुरू होता है। वह अपनी सादगी में बीवी से सीधे स्वभाव सवाल पूछ बैठता है और फिर उसी वक्त डांट खाकर सामने सीढ़ियों पर जा बैठता है। बीवियों की ज़बान, अगर वे बेहद नाराज़ न हों, तो बिलवास्ता होती है, जो उपमा और संकेत की जान है। उदाहरण के लिए, हाल ही की बात है। मेरे एक दोस्त ने खत में अपनी बीवी को लिख भेजा, 'अब कै महीने रह गए,' तो बीवी ने इस बात का कोई जवाब नहीं दिया। सिर्फ खत के एक कोने में तीन छोटे-छोटे दायरे बना दिए। गोया औरतों की ज़बान में उस गिनती को कोई दखल नहीं जिसे हम और आप इस्तेमाल करते हैं। वे अगर इसे जानती भी होंगी तो उसे इस्तेमाल करना अपनी शान के खिलाफ समझेंगी। उनकी भाषा आज तक प्राचीन मिस्री चित्र-लेखन से मिलती-जुलती है, जिसे मिस्र के लोग तो कब के छोड़ चुके हैं, मगर हमारी बीवियां अब तक कलेजे से लगाए फिरती हैं और वह एक मनोवैज्ञानिक रोग का रूप धारण कर चुकी है।

हमारे हिन्दुस्तान में अपनी बीवी के अलावा एक और चीज़ होती है, जिसकी शक्ल बीवी की तरह ही होती है, मगर स्वभाव

एकदम विपरीत। इसे हम दूसरे की बीवी कहते हैं, जिसकी बीमारी और भी टेढ़ी और नाकाबिले-इलाज होती है। उदाहरण के लिए, आप किसीकी बीवी के बीमार होने की खबर पाएं और बद-किस्मती से तीमारदारी के लिए भी चले जाएं तो आप घरवाले से पूछते हैं, "कैसी है तबीयत घर में?"

"अब तो अच्छी है। भगवान की दया है।"

"क्या तकलीफ थी?"

इसपर वह दूसरे की बीवी का मियां या दूसरे मियां की बीवी आपकी तरफ यों देखते हैं जैसे आप कोई घंटाघर हैं और शहर के चौक में स्थित हैं। दूसरे की बीवी होंठों में मुस्कराती हुई मुंह परे कर लेती है और इस मामले में वह अपनी बीवी से भी प्यारी लगती है। अलबत्ता मियां अत्यन्त भोंड़ी शक्ल बनाकर कहता है, "ज़नाना तकलीफ।" मतलब, इसके बाद बकवास बंद कीजिए। आपकी सिट्टी गुम हो जाती है और आप समझते हैं कि बीवी की बीमारी शायद बीवी से अलग कोई चीज़ है। मगर उस वक्त तक आप अपने होश में नहीं रहते और जल्दी से किसी अच्छे डाक्टर का नाम तजवीज़ करके बाहर निकलने की कोशिश करते हैं। दहलीज़ हमेशा की तरह एक फुट ऊंची उठकर आपको ठोकर लगाती है। मगर आप अपने को इसी काबिल समझकर संभल जाते हैं। सड़क पर पहुंचते हैं तो खयाल आता है, मुझे किसी लेडी डाक्टर का नाम लेना चाहिए था। अतएव गलती सुधारने के उद्देश्य से आप लौटते हैं, मगर खुद अपने-आपको 'बकवास बंद कर' कहते हुए किसी और परिचित के यहां चल देते हैं, जहां खुशकिस्मती से कोई मियां बीमार है।

शायद ही कोई बीवी होगी जो महीने में चंद दिन बीमार न होती हो। इसमें मेरी बीवी या आपकी बीवी की बात नहीं। दुनिया-जहान की पूरी बीवी-जाति का किस्सा है। इन दिनों में वे कुछ यों लेटी होंगी जैसे उन्हें हैज़ा हो गया हो। वे आशिक की तरह ज़र्द और माशूक की भांति धान-पान नज़र आ रही होती हैं। चिड़-चिड़ी इस कद्र कि बात-बात पर मियां को काटने दौड़ती हैं, हालांकि उस गरीब का कोई कसूर नहीं। गिरी गधे पर से हैं और गुस्सा कुम्हार पर उतार रही हैं, जो मियां अब तक शक्ल से दिखाई देने

लगा है। अपने सिड़ीपन में बीवियां भूल जाती हैं कि इस बीमारी ही में उनकी सेहत है। अगर किसी महीने यह छोटी बीमारी न आई तो बड़ी आएगी। फिर खट्टी-खट्टी डकारें आएंगी, सिर चकराएगा, उबकाइयां आएंगी। एक तरफ इसमें खुशी की सनसनाहट दौड़ जाएगी। मियां पूछेगा, मगर कभी नहीं बताएगी। इशारे से यही कहेगी, बस समझ जाओ। मियां एक ओर अपराधी और दूसरी ओर विजयी ढंग से बीवी की तरफ देखेगा और भूल बख्शवाने के लिए बाज़ार से सेब और नाशपातियां, कलाकंद और इमरतियां लाकर देगा, जिन्हें लेकर बीवी खुश तो होगी, पर बीमारी से अपना स्थायी सम्बन्ध बनाए रखने के लिए बड़े सलीके से इन सब चीज़ों को उठाकर ताक पर रख देगी, जो लकड़ी का नहीं विस्मृति का बना होता है। वह शरबत रूह-अफज़ा की जगह जलज़ीरे की फरमायश करेगी, गुलाबजामन की जगह गोल-गप्पे और आम, शरीफे की जगह चूल्हे की मिट्टी खाएगी। मर्द को जब बुरी बात कहनी होती है तो वह 'मुंह में खाक' से शुरू करता है, लेकिन बीवी है कि अच्छी खबर सुनाने से पहले मुंह में खाक झोंक लेगी। अगर मियां खफा होकर कोई बात कह दे तो वह बैठी-बैठी खड़ी बोली में गालियां सुनाएगी।

बीवी की मासिक बीमारी अलग किस्म की है और वार्षिक अलग। पहली बीमारी में तो फिर भी मियां के लिए थोड़ी-सी सान्त्वना की गुंजायश है, लेकिन दूसरी में बिलकुल नहीं। उसे सालभर यह महसूस होता रहता है कि अफसर ने उसकी करेक्टरशीट पर उलट-सुलटा रिमार्क लिख दिया। या वतन से बाहर उसका ट्रांसफर कर दिया। अब एक घर यहां है, दूसरा बाहर बनाना पड़ेगा। महंगाई का ज़माना, इन दो घरों का खर्च कहां से लाएगा? आखिर वह अपने अफसर के सामने गिड़गिड़ाता है और कुछ अपने-आपको समझाता है। और फिर वह दिन आ जाता जब वह अपने-आपको ज़च्चाखाने के बाहर टहलता हुआ पाता है। दे सिगरेट पर सिगरेट पीता है। न उठ सकता है और न बैठ सकता है। और बीवियां हैं कि अपने शारीरिक कष्ट के सामने मियां के मानसिक कष्ट को कोई बात ही नहीं समझतीं। मियां के लिए यही तकलीफ क्या कम है कि वह ज़च्चाखाने के बाहर अपने-आपको

सबसे बड़ा गधा समझता है, हालांकि उसके पास ही और बहुत-से घूम रहे होते हैं। इस एहसास का बीवी के नज़दीक कोई मूल्य नहीं। बीवी जो मज़े से एक बच्चा पैदा कर रही होती है।

आखिर यमदूत की वह नर्स लेबर-रुम से थूथनी निकालती है और मियां से संक्षेप में कहती है, "इट इज़ ए ब्वाय," और मियां अपनी घबराहट में नर्स से कहता है, "कांग्रेचुलेशन्ज़।" इससे पहले कि मियां बीवी की हालत पूछ सके, नर्स जा चुकी होती है।

अब मियां हिम्मत करता हुआ अंदर जाता है। बीवी को इस पीड़ा के बाद आराम से सोते हुए देखता है। उसका सारा अंतर उबलकर बाहर आ जाता है। मगर वह नहीं जान पाता कि इसका क्या करे। हंसे या रोए? वह हंस इसलिए नहीं सकता कि खुदा और औरत के दरम्यान महान षड्यन्त्र का एक और शिकार चला आया। और रो इसलिए नहीं सकता कि उसकी तरह का एक और गधा पैदा हो गया, जो बड़ा होकर ज़रूर मुहब्बत में मुब्तला होगा और फिर शादी करके उम्रभर दवाइयां ढोएगा। अतएव इस वक्त मियां को भी डाक्टर पर्ची पर कुछ दवाइयां लिखकर देता है और मियां बीवी को किसी चची या फूफी को सौंपकर खुद बाज़ार से दवाएं खरीदने निकल जाता है। लौटता है तो बीवी जाग रही होती है। वह शिकवा-शिकायत से मियां की तरफ देखती है जैसे कह रही हो, 'इस दुःख की दुनिया में कोई दवा है?' लेकिन मियां अब तक जान चुका होता है। इसलिए दवाओं का बंडल खोलने के बजाय वह कोई और ही पैक खोलता है, जिसमें से गुलाबी रंग की निहायत खूबसूरत साड़ी निकलती है। इसके बाद एक और डिबिया जिसमें से सुनहरी घड़ी बरामद होती है और मियां आंख में मुहब्बत और अफसोस के आंसू लिए एक उलटी रक्षाबंधन की शक्ल में घड़ी बीवी की कलाई में बांध देता है और साड़ी उसके कदमों पर निसार कर देता है, और कहता है, "बन्नो, यह रिश्वत है, मूल नहीं।"

और बीवी के चेहरे पर फिर से एक आकर्षक मुस्कान दौड़ जाती है, जो अरगट और लाईसोल वगैरह कभी नहीं ला सकतीं।

यह हम शौहर भाइयों ही की हिम्मत है कि बीमारियों के इस पिटारे को जिसे बीवी कहते हैं, मुहब्बत करते चले जाते हैं। इस

सिलसिले में मुझे मुंशी प्रेमचंद की एक कहानी याद आती है, जिसमें एक बीवी अपने निकम्मे, निखट्टू और सरल स्वभाव मियां का रोना रोती है और आखिर इस बात पर हैरान होती है कि उसकी ऐसी सब बातों के बावजूद वह कहीं आध घंटा भी लेट हो जाए तो उसकी सारी सृष्टि उलट जाती है। ठीक यही बात मैं अपनी बीवी के सिलसिले में महसूस करता हूं। उसके सारे लड़ाई-झगड़े, फिसाद और तरह-तरह की बीमारियों के बावजूद मैं दिन छिपते ही अपने-आपको उसके सुपुर्द कर देता हूं और फिर मेरे साथ भी वही होता है जो मिर्ज़ा असदुल्लाखां ग़ालिब के साथ हुआ था :

असद खुशी से मेरे हाथ-पांव फूल गए
कहा जब उसने ज़रा मेरे पांव दाब तो दो।

चलते-फिरते चेहरे

इस वक्त मैं सिर्फ एक ही चेहरे की बात कर रहा हूं जो बहुत 'चलता-फिरता' है।

और वह चेहरा आजकल के आम नौजवान का है। इसलिए मेरे बेटे का भी।

अपने बेटे का चेहरा दिखाने की कोशिश में अगर कहीं बीच में आपको मेरा चेहरा भी दिखाई देने लगे तो बुरा मत मानिए, क्योंकि आखिर मैं उसका बाप हूं, अपने बेटे पर ही गया हूं।

अतएव जो कुछ भी आपको मेरे बेटे के खिलाफ लिखा हुआ मालूम होगा, वह दरअसल मेरे अपने ही खिलाफ होगा, क्योंकि उसे इस दुनिया में लाने के अलावा उसकी शारीरिक और मानसिक शिक्षा-दीक्षा का ज़िम्मेदार मैं हूं। अलबत्ता जो उसके हक में कहूंगा, वह मेरे बेटे की अपनी योग्यता होगी, जिसमें मेरा रत्तीभर भी कसूर नहीं है।

मेरे बेटे का कद लम्बा है और रंग किसी कद्र खुलता हुआ, हालांकि मेरा कद छोटा है और रंग भी पक्का। इसकी वजह शायद मेरी बीवी है जिसके मायके में सब लोग लम्बे कद के हैं और रंग के गोरे।

मियां-बीवी के मिलाप से जो नतीजा निकलता है, उससे खटका ही लगा रहता है। न मालूम क्या चीज़ निकल आए। उदाहरणतः एक्ट्रेस ऐलन बेरी ने जार्ज बर्नार्ड शॉ को लिखा था, "हम दोनों का मिलाप हो जाए तो सन्तान कितनी खूबसूरत और अक्लमन्द हो!" जिसपर शॉ ने जवाब दिया, "मैडम, बदकिस्मती से अगर

बच्चे को शक्ल मेरी मिल गई और अक्ल आपकी तो?"

शॉ को तो आप जानते ही हैं। इसलिए अगर आपको उनका यह चुटकुला पिटा हुआ मालूम हो, तो अंदाज़ा कीजिए, अगर बच्चे को शक्ल ऐलन की और अक्ल शॉ की मिल जाती तो?

तो मेरा बेटा बहुत दुबला है। मुझे यही खटका लगा रहता है कि वह किसी जेट हवाई जहाज़ के बहुत करीब न चला जाए, या मेरे बेटे के बहुत ही करीब मुंह करके कोई फूंक न मार दे। उसके महीन-से चेहरे पर मोटी-सी नाक रखी है, जो इस बात के इंतज़ार में रहती है कि चेहरे के बाकी के खद्दो-खाल भी भर जाएं ताकि वह खुद माकूल मालूम हो और बात-बात पर उसे लाल न होना पड़े। इस वक्त मेरे बेटे के नथुने यूनान से हिन्दुस्तान तक भागकर आए हुए सिकन्दर के घोड़े बूस फैलस के नथुनों की तरह खुलते हैं, बंद होते हैं या उस वक्त काम में आते हैं जब उन्हें अपने मालिक की अना (अहं) को जताना हो, वरना तो वे महीने में तीन-चार बार सिर्फ ज़ुकाम की वजह से बंद रहते हैं।

उसके ज़ुकाम की एक वजह यह भी है कि जवानी में मुझे भी अक्सर ज़ुकाम हुआ करता था। लेकिन मैंने वर्ज़िश करके, वक्त पर सो और वक्त पर जागकर उसे ठीक कर लिया। लेकिन मेरा बेटा इस ज़ुकाम को बिलकुल इंकलाबी तरीके से ठीक करता है। वह रात के एक-डेढ़ बजे तक कामिक्स या न्यूयार्क की हफ्तेवार अंग्रेज़ी पत्रिका 'टाइम' पढ़ता रहता है, जिसपर उसकी दुनिया-भर की शिक्षा आधारित है। और फिर सुबह सबसे आखिर में उठता है, जबकि उसके भाई-बहन स्कूल जा चुके होते हैं या जा रहे होते हैं। मां घर का सब काम कर चुकी होती है और मेरा एक पांव घर के अंदर होता है और एक बाहर। तब वह नींद का मारा मेरे पास आता है और मुझे यों देखता है जैसे मैं कोई अजनबी हूं। उसे देखते ही मैं नमस्कार करता हूं। मैं इस बात से डरता हूं कि अगर एक बार मैंने उसके नमस्कार के सिलसिले में आनाकानी की तो वह मुझे कभी नमस्कार नहीं करेगा। उसका तो कुछ नहीं जाएगा, मेरा सारा दिन कुढ़ते रहने की वजह से बरबाद हो जाएगा। और आप जानते हैं, दिनों के तारतम्य ही को ज़िंदगी कहते हैं।

मेरे बेटे के होंठ पतले हैं और ठोड़ी मज़बूत, जो एक पक्के इरादे

का सबूत है और जिसे वह अक्सर अपने मां-बाप और बहन-भाइयों पर इस्तेमाल करता है। आंखें छोटी हैं, जिनसे पास का तो सब दिखाई देता है पर दूर का इतना भी नहीं, जितना कोई सेहतवर आदमी मिट्टी का ढेला फेंक सके। इसलिए मेरा बेटा आजकल के नये इल्म का चश्मा पहनता है। उसकी आंखों पर की भवें घनी हैं जो निश्छलता की निशानी होती हैं। यह बात नहीं कि मेरे बेटे में निश्छलता नहीं। उसमें निश्छलता है और बहुत है। लेकिन इसके बावजूद वह किसी आदमी से धोखा नहीं खाता और यह आज तक मेरी समझ में नहीं आया कि आदमी का दिल साफ हो और उसमें निश्छलता हो, फिर भी वह धोखा न खाए!

मेरे बेटे का माथा छोटा है। कहते हैं, ऐसी पेशानी वाले लोग ज़्यादा भाग्यवान नहीं होते। जिसका एक सबूत तो यह है कि वह राकफेलर के घर में पैदा होने के बजाय मेरे घर में पैदा हो गया। लेकिन जब मैं देखता हूं उसकी मां काम कर-करके मरी जा रही है, मैं मर-मरके काम करता जा रहा हूं और वह मज़े से लेटा हुआ है तो मुझे बुज़ुर्गों की किसी बात पर यकीन नहीं रहता।

वह स्वभाव से अधीर है। अगर वह किसीकी बात बीच में न भी काटे तो अपने चेहरे के रगों-रेशों की खफीफ-सी जुम्बिश से इस बात का यकीन दिला देता है कि आपकी बात तो मैं आपके कहने से पहले ही समझ गया था। इसपर भी आप बकते रहना चाहते हैं तो बड़ी खुशी से। और यह उसकी इसी मुखर खामोशी की वजह से है कि उसे अपने-आपको बेवकूफ कहने की कभी ज़रूरत ही नहीं पड़ी।

शायद यह इसकी बेसब्री नहीं, आजकल की तेज़रफ्तार दुनिया है जिससे मेरा बेटा अनुकूलता रखता है और मैं नहीं रखता। वह कार भी चलाएगा तो चालीस-पचास मील की स्पीड पर, मैं बीस-पच्चीस पर ट्रक-टू रहूंगा। उसने कई एक्सीडेंट भी किए, जिनमें से दो तो बहुत कीमती थे। एक कोई अठारह सौ रुपये का था और दूसरा कहीं बारह-साढ़े बारह सौ का। और इसपर भी मुझे इस बात की फिक्र थी कि वह कहीं मुझे शर्मिन्दा न करे कि मैं उसे शर्मिन्दा करने की कोशिश कर रहा हूं।

एक दिन मैं और मेरा बेटा कार में बैठे हुए जा रहे थे। मैं

अपनी आदत के अनुसार स्लो स्पीड में था। तभी पुल के पीछे से कोई बच्चा भागकर आया। उसे कार का धक्का लगा तो वह फुटपाथ पर जा गिरा। खैर यह हुई कि उसकी जान बच गई और साथ हमारी भी। हस्पताल से उसे मरहम-पट्टी कराने के बाद घर के लिए रवाना हुए, तो मैंने अपने बेटे से कहा, "देखा, मैं तुम्हारी स्पीड पर होता तो आज यह बच्चा मर गया था।"

"आप मेरी स्पीड पर होते," मेरे बेटे ने कहा, "तो बच्चे के आने से बहुत पहले निकल गए होते।"

यह शायद खलील जिब्रान ने कहा है कि आप अपने बच्चे को अपना जिस्म व ज़हन दे सकते हैं, अपने खयालात नहीं दे सकते। एक तो लिखने वालों ने यह बड़ी गड़बड़ की है कि वे अलफाज़ में हकीकत का एक लमहा जकड़ लेते हैं। उस वक्त आदमी यह भी नहीं सोच सकता कि दुनिया की हर चीज़ सापेक्ष हैसियत रखती है और कोई हकीकत निरपेक्ष नहीं होती। हकीकत एकदेशीय हैसियत रखती है और काहिली-पसन्द, कुन्द-ज़हन उस वक्त पढ़ना-सोचना बंद कर देता है और उस महदूद हकीकत (सीमित सत्य) को दुनिया-भर पर फलाता रहता है। कोई खलील जिब्रान से पूछे, "क्यों भाई, हम उन्हें अपने खयालात क्यों नहीं दे सकते?"

फिर क्यों हमें कहा जाता है कि मियां-बीवी को बच्चों के सामने लड़ना नहीं चाहिए, हालांकि यह स्वाभाविक झगड़ा है, जिसे देखकर बच्चों को समझना चाहिए कि ज़िन्दगी सिर्फ कलाकंद ही नहीं कुनैन की गोली भी है। और उस आदमी का आप क्या करेंगे, जिसने कभी-कभी बच्चों को मां या बाप का नंगा बदन दिखाने की सिफारिश की है। यह बाहरी ज़िन्दगी है जो बच्चे के खयालात की रहनुमाई करती है और आखिर उसकी प्रेरणा का हिस्सा हो जाती है। आजकल के बच्चे कानों और आंखों के ज़रिये से हज़ारों आवाज़ों और प्रभावों को अपने दिल में उतार लेते हैं, कुछ इस अंदाज़ से कि न आप जान सकते हैं और न मैं जान सकता हूं। आजकल का बच्चा इस बात को स्वीकार नहीं करता कि उसे कोई सारस दे गया था। और या वह बरसात के पहले कतरे के साथ इस धरती पर टपका था। वह अपने बड़ों से अपनी और उनकी पैदायश के बारे में सवाल पूछता है और औपचारिक उत्तर हासिल करके

चुपके से कलम उठाता है और अपने निबन्ध में लिखता है : 'यों मालूम होता है, हमारे पूरे खानदान में चार पीढ़ी से कोई भी कुदरती तरीके से पैदा नहीं हुआ।'

दरअसल महर्षि व्यास से लेकर विष्णु प्रभाकर तक सब लिखने वालों ने गड़बड़ की है। वे इस ज़माने से इतना ही पीछे हैं, जितना यह ज़माना उनसे आगे है। चलिए, वक्त के पतवार से सही, मानिए हमने सब कुछ पाया ही नहीं, खोया भी बहुत है। लेकिन इस खोने में जो कुछ हमने पाया है उसे कालिदास, भवभूति और शेक्सपियर आज न पा सकेंगे। मैं आपसे दरख्वास्त करूंगा, मुझे इतना ताव न दीजिए कि मैं इन बड़े लोगों को आज के दृष्टिकोण से देखूं। मैं इस कद्र तुच्छ हूं इन महान हस्तियों के मुकाबले में। लेकिन आज-कल के नौजवानों को मेरा मशवरा यही है कि मुझे पढ़ें और फेंक दें। और वाकई किसी नामहसूस दलील के आधार पर मुकम्मिल तौर पर रद्द कर दें और मैं यह महसूस करूं, मेरा बेटा ठीक है और मैं गलत हूं।

मेरा बेटा मेरी अथारटी को नहीं मानता। मैं रोता हूं, मेरे बड़ों और पूर्वजों की रूहें किसी आसमान में कुलबुलाती हैं और वे मेरे साथ मिलकर इस बात को भूल जाते हैं कि वे भी अपने ज़माने में इंकलाबी थे और उन्होंने अथारिटी के खिलाफ जहाद किया था और इस कारण बड़ी मुसीबतें उठाई थीं, क्योंकि उनके ज़माने में भी हमारी ही तरह के मां-बाप थे, हाकिम और मज़हबी पेशवा थे। उन्होंने भी वक्त को थामने और हकीकत को सार्वकालिक कहने की कोशिश की थी और बस इखलाक (नैतिकता) को देखकर सिर पीट लिया था।

आप अंदाज़ा तो कीजिए, मेरे बेटे को किन चीज़ों से निपटना पड़ता है। ज़िन्दगी की रफ्तार से, कदम-कदम पर एक बड़े मुकाबले से, भौतिक और आध्यात्मिक मूल्यों के संघर्ष से, पुराने और नये के झगड़े से। मैंने अगर बहुत पढ़ा भी है तो मेरा ज़हन सामंती है, लेकिन मेरे बेटे का नहीं। मैं एक खास किस्म का अदब और कायदा उससे मांगता हूं जो वह मुझे नहीं दे सकता और देना भी नहीं चाहता। मैं जब उसकी तरफ देखते हुए झल्लाकर कहता हूं, "तुम आजकल के नौजवानों को क्या हो गया है," तो मैं यह भूल जाता हूं

कि यही फिकरा मुझे भी मेरे बाप ने कहा था। हमारे बड़ों के ज़माने में सरतान (कैंसर) सिर्फ एक फोड़ा था, जिसपर कोई मरहम लगाया जाता था और मुसफ्फा खून की बोतल पीनी पड़ती थी। उनके ज़माने में दबाव इतने न थे कि इंसानी-शख्सीयत (मानव-व्यक्तित्व) एक टूटे हुए आईने की तरह से नज़र आए। जब स्किजोफिरेन का लफ्ज़ ईजाद न हुआ था। नींद की गोलियां इस्तेमाल न होती थीं और न लोगों को एल० एस० डी० 25 या खुमन का पता था जिसका रस पीकर इंसान को अपना ही सूक्ष्म शरीर गहराइयों में उतरता और बुलंदियों पर परवाज़ करता हुआ दिखाई देता है और जिन बेहद हसीन सब्ज़ाज़ारों में वह जाता है, वे इंसान के अपने दिमाग और उसके शऊर की तहें हैं, जिसमें सीलाकाण्ट मछली से लेकर आइन्स्टाइन तक सब तजुर्बात छिपे पड़े हैं और जहां तक पहुंचने के लिए हमारे ऋषि-मुनियों ने हज़ारों साल तपस्या की और उसका कुछ ही हिस्सा देखकर वेद, कुरान और इंजील-सी किताबें लिख डालीं।

यह कि मैं अपने बेटे के बारे में ज़्यादा नहीं जानता, एक हकीकत है। अगर आप यह समझें कि योंही मैंने अपने-आपको सिफर कराने की कोशिश की है तो मुझपर बड़ा ज़ुल्म होगा। अगर मैं जानता भी हूं कि स्वेज़ नहर फ्रांसीसी इंजीनियर डग्लेस ने बनाई थी, तो भी मैं अपने बेटे के सवालों का जवाब कुछ इस अंदाज़ में दूंगा, जिससे उसकी तसल्ली न होगी। और मैं इस बात को छिपाने की कोशिश करूंगा कि मैं भी सब बापों की तरह निकम्मा हूं और जिनका ज़माना लद गया है। मेरी हैसियत उस वक्त उस 'डैडी' की तरह होगी, जिससे बेटे ने पूछा, "डैडी, ये मिस्र के मीनार क्यों बनाए गए हैं?"

"खुदा जाने, बस बना दिए। पहले वक्तों में बहुत ज़्यादा वक्त था लोगों के पास।"

"जिराफ की गर्दन इतनी लम्बी क्यों है, डैडी?"

"भाई, किसी जानवर की लम्बी होती है किसीकी छोटी।"

"डैडी, बच्चा सिर्फ औरत के क्यों पैदा होता है?"

"कैसी बातें करते हो⋯? अगर मर्द के पैदा होने लगे तो फिर वह औरत न हो जाए?"

"डैडी, आप मेरे सवालों से खफा होते हैं तो मैं न पूछूं?"

"नहीं, नहीं, पूछो बेटा! सवाल नहीं पूछोगे तो इल्म कैसे हासिल होगा?"

मेरा बेटा रात को क्या सोचता रहता है? क्यों रात देर तक उसे नींद नहीं आती? क्या सिर्फ बादामरोगन या नींद की गोलियां ही इसका इलाज हैं? क्या उसे सेक्स सताता है? क्योंकि उसकी उम्र सत्ताईस साल की हो चुकी है और उसके चंद मुतालबे (मांगें) जायज़ हैं। फिर उसने शादी से क्यों इन्कार कर दिया? क्या सिर्फ इसलिए कि जब तक वह इस दुनिया की भाग-दौड़ में अपना स्थान न बनाएगा, किसी लड़की की ज़िदगी तबाह न करेगा? क्यों हमारे ज़माने में लोग इम कायदे पर शादी कर लिया करते थे कि औरत लक्ष्मी होती है? उसके आने से किस्मत के दरवाज़े अपने-आप खुल जाते हैं। अक्सर वे नहीं खुलते। सिर्फ चंद अंधकारमय भविष्य वाले बच्चे इस दुनिया में चले आते हैं।

मेरे बेटे के खयालात क्या हैं, मैं उन तक पहुंचने की कोशिश तो करूं, उसकी रूह में उतरकर तो देखूं कि वह क्यों इतना खुदगर्ज़ हो गया है? क्यों वह दूसरे किसीके बाप के पैर भी छूता है, लेकिन सुबह उठकर अपने बाप की तरफ देखता भी नहीं? क्या सिर्फ इसीलिए कि दूसरे का बाप एक अमीर-कबीर आदमी है और उसने अपने बेटों को दौलत और शोहरत के सातवें आसमान तक पहुंचा दिया है? हालांकि मेरे बेटे के बाप ने चंद काले सफहों के अलावा उसे कुछ नहीं दिया। क्या यह कह देना काफी है कि आजकल के नौजवानों की तरह मेरा बेटा भी रातोंरात लखपति हो जाना चाहता है, और नहीं जानता कि पैसा कमाने के लिए मेहनत करनी पड़ती है, एक खुदे पर दूसरा खुदा रखना पड़ता है? जैसे वह मज़हब और दूसरे रीति-रिवाज का कायल नहीं, इसी तरह वह आसपास की दुनिया को देखकर इस किस्म की मेहनत का भी कायल नहीं। ऐसे निज़ाम (व्यवस्था) का कायल नहीं जिसमें कुछ लोग मरते रहते हैं और कुछ ऐश करते हैं और खुले बंदों कहते हैं कि बिज़नेस में तो सब करना ही पड़ता है।

मैं समझता हूं, मेरा बेटा मेरा नाम इस्तेमाल करता है और इसमें कोई शर्म नहीं समझता। एक दिन मुझे पता चला कि वह

मेरा बेटा होने की वजह से मजबूर और शर्मसार है। मेरी वजह से वह किसी से दस रुपये भी नहीं मांग सकता।

मैंने हंसी की झाड़ में अपने-आपको बचाने के लिए कहा, "बेटा, तो फिर तुम सौ मांगा करो।"

और मुझे पता चला कि वह मेरी ज़िंदगी में से भावुकता और आदर्शवाद को बिलकुल निकाल देना चाहता है और उसकी ख्वाहिश है कि उसके बाप की इतनी हैसियत तो हो जाए कि वह किसीसे लाख-दो लाख मांग सके, जिससे वह एक फिल्म बनाए और उससे कई लाख कमाए।

इस किस्म की भौतिकता, खुदगरज़ी, सिगरेट, शराब, औरत की वजह से बाप बेटों को अपनी ज़मीन-जायदाद से बरतरफ कर दिया करते थे। लेकिन भौतिक अर्थों में मेरे पास है ही क्या, जिससे मैं बेटे को बरतरफ कर दें? अगर वह किसी बात से नाराज़ होकर घर से चला जाए तो फिर मैं ही उसे ढूंढ़ता फिरूंगा। अगर मैं कहीं चला जाऊं तो वह मुझे नहीं ढूंढेगा। इसीलिए मैं सख्त वहशत के लम्हों में भी चुपके से घर चला आता हूं, क्योंकि मैं चाहता हूं, मेरा बेटा कहीं चला न जाए··· मैं उसे बरतरफ करने की नहीं सोचता, इस बात से डरता हूं कि वह मुझे मानव-उपलब्धि के कुलबुलाते हुए लेकिन उज्ज्वल भविष्य से बरतरफ न कर दे।

ख्वाजा अहमद अब्बास

ख्वाजा अहमद अब्बास मेरे दोस्त नहीं—उन अर्थों में जिनमें कि दोस्त होता है और या मेरे विचार से उसे होना चाहिए। मुझे इस बात का अफसोस है कि मैंने हमेशा उन्हें अपना बुज़ुर्ग और अग्रगामी माना और यों आदर करते हुए टाल दिया। कुछ इसी तरह का व्यवहार उन्होंने भी मेरे साथ किया। मेरी साहित्यिक उपलब्धियों पर बहुत बार मेरी पीठ ठोंकी, लिखित रूप में मुझे स्वीकारा और उसके बाद टकसाल बाहर कर दिया। हाल ही की बात है जबकि मैंने उन्हें अपने यहां आने की दावत दी, तो निस्संकोच उन्होंने मुझसे पूछा, "तुम रहते कहां हो?"

अब्बास साहब का अंतरंग होने का गौरव भी मुझे प्राप्त नहीं हुआ, जिसमें मेरा कसूर है तो उनका भी। मेरे खयाल में उन्होंने मेरी तरह मित्रों का चयन विवेकपूर्ण दृष्टि से नहीं किया, साफ-तौर पर समझ-बूझकर किसी सही आदमी को करीब लाने की कोशिश नहीं की। जी हां, सही आदमी के सिलसिले में अगर मेरा इशारा अपनी तरफ है तो चंद दूसरे लोगों की तरफ भी, जो अपनी आलोचक दृष्टि से अब्बास साहब के लिए उपयोगी हो सकते थे और खुद भी उनसे सीख सकते थे। जो भी उनके पास आया, उन्होंने आने दिया। यही नहीं, जो उनके पास से गया उसे जाने भी दिया। पास आने वालों में कुछ तो पहले ही दक्ष थे और अगर नहीं थे तो अब्बास साहब के शिष्ट व्यवहार ने हमेशा के लिए उन्हें बना दिया और जाने वालों का तो ज़िक्र ही क्या!

आदर के कारण उत्पन्न इस दूरी के बावजूद मैं कह सकता हूं

कि कम से कम मुझे उनके समसिद्धान्तवादी होने का फख हासिल है, जिससे अंतरंगता तथा मित्रता कहीं दूर की बात नहीं। फिर थोड़ा जानने वाले में इतनी विनम्रता तो होती ही है कि वह किसीको जानने का पक्का दावा नहीं करता। विपरीत इसके हमेशा साथ रहने वाला इस सिलसिले में बड़ी बोंगी बातें करता है, जिनसे पता चलता है कि जो आदमी जितना करीब होता है, उतना ही दूर भी।

ज़िंदगी में कम ही आदमी आपने ऐसे देखे होंगे, जिनकी शक्ल जन्म से लेकर आखिरी दम तक एक ही सी रही हो, जिसके कारण वे बहुत-से अपराध नहीं कर सकते। मैंने अब्बास साहब को उनके बचपन में तो नहीं देखा, लेकिन अपने फ्रेनेलोजी के सीमित ज्ञान के आधार पर कह सकता हूं कि उस वक्त भी अब्बास साहब अपने इस लायब्रेरी एडीशन का पेपरबैक ही रहे होंगे, और कुछ नहीं तो पिछले पच्चीस बरस से तो मैं उनका मुंह देख रहा हूं। जहां बौद्धिक रूप से उनका कद बढ़ा है, शारीरिक रूप से आप वहीं के वहीं रहे हैं। चेहरे पर जिस सूझ-बूझ के निशान पहले थे, वही अब भी हैं। वैसी ही निगाह उचटकर सामने वाले पर पड़ती है। वही मूंछों की हलकी-सी लकीर, जिसके नीचे पतले-से होंठ, जो नाराज़गी या खिसियाने क्षणों में कुछ इस तरह से हिलते हैं कि न तो उन्हें फड़-फड़ाना कहा जा सकता है और न भींचना। उनकी हंसी अकृत्रिम है, मगर रेशमी, जिसे इस्तेमाल करते हुए सहसा रुक जाते हैं। गुरु-गम्भीर आदमी को ज़्यादा हंसना नहीं चाहिए। सिर पर के बाल पहले ढाई थे, अब दो रह गए हैं। इसके बावजूद सिखों के खिलाफ नहीं। बल्कि कई दफा मैंने उन्हें किसी सिखाट को इश्क की निगाह से देखते हुए पाया है। पोशाक में सादगी है और निस्पृहता का कौशल भी। उनके उठने-बैठने, चलने-फिरने को देखकर पता चलता है कि ज़िंदगी में उनका ज़ोर कृत्रिमता पर नहीं, कुछ और ज़रूरी बातों पर है, जिनमें साहित्य, पत्रकारिता, फिल्म, राजनीति और दूसरी बीसियों किस्म की सामाजिक ज़िम्मेदारियां शामिल हैं। दुनिया की वर्तमान राजनीतिक व्यवस्थाओं में यदि उन्हें इसराइल और संयुक्त अरब गणराज्य के बीच किसी एक को चुनने का अधिकार दिया जाए, तो वह निश्चित रूप से अरब गणराज्य को चुनेंगे, राष्ट्रपति जमाल अब्दुल नासिर की पैरवी करेंगे, लेकिन शक्ल हमेशा

इसराइल के बैनगुरियन से मिलेगी।

मैंने अब्बास साहब को पहली बार लाहौर में देखा, जहां वह अपने पत्रकार मित्र साठे के साथ कोई फिल्म बनाने के सिलसिले में आए थे। ये दोनों दोस्त 'इंडियन पीपुल्स थियेटर' के आन्दोलन का हिस्सा थे, जिसके एक जलसे में मैं अब्बास साहब को देखने चला गया। उन दिनों लाहौर के लारेंस बाग में एक नया ओपन एयर-थियेटर कायम हुआ था, जहां खूब हंगामा था। मालूम होता था, कुम्भ नहीं तो अर्ध-कुम्भी ज़रूर है। अतएव अब्बास साहब को देखने के सिलसिले में मुझे खूब धक्के पड़े। खैर, धक्कों की बात छोड़िए, वे तो ज़िंदगी के हिस्से हैं, हम सब धक्के खाते हैं, कभी मिलकर और कभी अलग-अलग। एक बार पहले भी जब लाहौर के ब्रैडला हॉल में मैं महाकवि टैगोर को देखने गया था, तो इससे भी बुरा सलूक हुआ, भगदड़ में सैकड़ों पैरों के नीचे दला गया। तब भी मैंने यही सोचा था—क्या किसी बड़े आदमी को देखने के लिए खुद छोटा होना ज़रूरी है?

इस जलसे में अब्बास साहब विशेष हैसियत रखते थे। इसलिए नहीं कि बाकी के मर्द फिज़ूल और व्यर्थ थे। उनमें औरतें भी थीं। अब्बास साहब सबसे मिलते, सबसे बातें करते फिर रहे थे, जिसे पत्रकारिता की भाषा में कहा जाता है—'और वह मुक्त हृदय से मेहमानों में घूमते और उनसे मिलते-जुलते रहे।'

ऐसा मालूम होता था, अब्बास साहब किसीका दिल तोड़ना नहीं चाहते। ऐसा करेंगे तो उनका अपना दिल टूट जाएगा। इस काम में उन्हें कितना ही बोलना, कितना ही वक्त बरबाद करना पड़ा। वह इस बात को भूल ही गए और आज तक प्रायः भूले हुए हैं कि जब तक वह किसीका दिल नहीं तोड़ेंगे, बात कैसे बनेगी? 'दिल बदस्त आवुर कि हज्जे-अकबर अस्त' (दिल हाथ में ले ले कि यह बहुत बड़ा हज है।)

तब भी अब्बास साहब के चेहरे पर ऐसा ही सन्तोष झलकता था, जिससे पता चलता था कि बाद में वह 'आज़ाद कलम' हो जाएंगे और फिल्मों में रहे तो 'आज़ाद फिल्म'। उनके चेहरे पर सबसे ऊपर दृढ़-निश्चयी और स्वतंत्रता-प्रिय होने के चिह्न थे, उससे नीचे पी० सी० जोशी की 'पार्टी-लाइन' और सबसे नीचे महात्मा गांधी

की 'सत्य की खोज'—पूरी की पूरी, जो छटपटाकर सबसे ऊपर चली आती थी।

उस दिन मुझपर इस बात का रहस्य खुला कि किसी आदमी की बड़ाई से बचने के लिए उससे निजी रूप में मिल लेना ज़रूरी है। उसे छूकर देखना आवश्यक है, चाहे वह हाथ मिलाने की सूरत में ही क्यों न हो। ऐसा करने से इस बात का विश्वास हो जाता है कि वह भी हमारी ही तरह का इंसान है। सिर्फ उसने जीवन के एक खास क्षेत्र में हद से ज़्यादा परिश्रम और साधना की है और हमने नहीं। करेंगे तो बौद्धिक रूप में भी हम उनसे हाथ मिला सकते हैं, वरना हम अपने मन में ऐसे आदमी को कुछ ऐसी अलौकिकता प्रदान कर देते हैं कि वह खाहमखाह हमें वावनावतार या नौ-गज़ा मालूम होने लगता है। फिर उसे मनुष्य के आकार-प्रकार में देखकर सामान्य व्यक्तियों की सी हरकतें करते पाकर हमारा सारा तिलिस्म टूट जाता है, जिसमें उस बेचारे बड़े शादमी का तो कुछ बिगड़ता नहीं, हमारा अपना कद पहले से भी छोटा हो जाता है। अब्बास साहब से हाथ मिलाने के बाद कम से कम एक बात की तसल्ली तो ज़रूर हुई कि शारीरिक रूप में उनका कद मेरे से बड़ा नहीं। अलबत्ता रंग गोरा है। लेकिन कभी तो अफ्रीकी राष्ट्र मेरा हाथ पकड़कर उठेंगे और गोरों का जुआ उतार फेंकेंगे। (अतएव आज मेरी भविष्यवाणी कितनी सच साबित हो रही है।)···रही बौद्धिक कद की बात, तो वर्ज़िश से वह भी ठीक हो जाएगा।

उन दिनों अब्बास साहब ने 'अबाबील' नाम की एक कहानी लिखी थी, जिसका मुझपर बहुत रोब पड़ा था। लायम ओ' फला-हर्टी ने पक्षियों के बारे में कुछ सुंदर कहानियां लिखी थीं, लेकिन अब्बास साहब की कहानी 'अबाबील' उनपर बीस थी। जब मैं डाकखाने में 'बाबू' था और मेरे नज़दीक काउंटर पर मनीआर्डर बुक करवाने जे से लेकर अब्बास साहब तक सब अंग्रेज़ी वायस-राय की एक्ज़ीक्यूटिव कौंसिल के मेम्बर थे। अतएव मैंने हकलाती हुई ज़बान से कहानी की तारीफ शुरू की। अब्बास साहब खुश तो हुए लेकिन फिर विनम्रता से टाल गए और मेरी कहानियों की बातें करने लगे। और मैं भूल ही गया कि अभी मुझे उनकी एक और कहानी 'एक पायली चावल' की भी तारीफ करनी है। मैं खुद भी

अपनी कहानियों की बातें करने लगा। मैं किस कद्र गिरा-पड़ा हूंगा कि विनम्रता उन दिनों बड़ी विलासिता की वस्तु थी। जैसे अब्बास साहब की तारीफ मेरे नज़दीक सिर्फ एक कहानी थी, अपनी बातें करने के लिए। जब मैं अब्बास साहब से मिलकर आया तो मुझे पता चला, मेरे उस वक्त जाने-बूझे बगैर उन्होंने अपने बड़प्पन का कुछ हिस्सा मुझे भी दे दिया है, मैं गोरा नहीं हुआ तो लम्बा ज़रूर हो गया हूं।

और यह अब्बास साहब में खास बात है, साहित्यिकों में (मेरे समेत) कम आदमी आपको ऐसे मिलेंगे, जो अपनी बात कम करेंगे और दूसरों की ज़्यादा। एक दूसरा व्यक्ति, जो लोगों को देखने में अहं से भरपूर मालूम होता है, वह है उपेन्द्रनाथ 'अश्क'। मैं जब भी इन दोस्तों से मिला हूं, मुझे पता चला है कि साहित्याकाश पर कोई नया नक्षत्र उदित हुआ है। ये उसकी चर्चा करते हैं, उसकी चीज़ें पढ़कर सुनाते हैं या पढ़वाते हैं। थोड़ी-सी बहस के बाद मान भी जाते हैं कि वह नक्षत्र अभी उदित होने की कोशिश कर रहा है। लेकिन इसका नतीजा यह निकलता है कि मैं डर, महज़ डर की भावना से उस साहित्यिक की ओर उन्मुख होता हूं। चूंकि डर कोई पॉज़िटिव भाव नहीं, इसलिए या तो वह साहित्यिक मुझे टाल्स्टाय और चेखोव से भी बड़ा मालूम होने लगता है या फिर अपने से भी छोटा। मेरी तरह के सामंतवादी संस्कार रखने वाले और भी बहुत-से साहित्यिक है; लेकिन एक फर्क है। मैं अपनी इस कमज़ोरी को जानता हूं और उसे दूर करने की कोशिश भी करता हूं। लेकिन उनमें से अधिकांश न जानते हैं, न कोशिश करते हैं। खैर, वक्त बड़े-बड़ों को ठीक कर देता है और मैं अपने-आपसे निराश नहीं।

यह बात नहीं कि अब्बास साहब और अश्क में 'अहं' नहीं। अरे साहब, है और बहुत है; लेकिन उतना, जितना उनमें सर्जन-कार्य के लिए होना चाहिए और वहीं जहां उसे होना चाहिए, जैसे अधिकांश लोगों का सेक्स सिर में होता है और एक सम्मानित महिला के अनुसार वहां नहीं जहां उसे होना चाहिए। अब्बास साहब का 'अहं' उतना ही है, जिसमें वह अपनी ज़ात को पहचान सकें—दूसरों से अलग और दूसरों के बीच। यह अलग बात है कि हमारे बहुत-से साहित्यिक बंधु लक्खाड भी बहुत हैं।

मैंने अब्बास साहब की बहुत-सी कहानियां पढ़ी हैं, जिनमें से कुछ याद हैं और कुछ भूल गई। भूल जाना शऊर के सिलसिले में राय हो तो हो; लेकिन इंसानी दिमाग एक कम्प्यूटर नहीं, उससे बहुत बुलन्द है, जिसकी तफसील या बहस इस लेख का हिस्सा नहीं। अब्बास साहब की कहानी 'बारह बजे' तो मैं भूल ही नहीं सकता। एक तो इसलिए कि उससे मेरा सीधा सम्बन्ध है (चाहे मैं दाढ़ी काटने और सिगरेट पीने वाला सिख हूं), दूसरे इसलिए कि यह कहानी पंजाब के दंगों से मुताल्लिक थी, जिनमें से मैं भी गुज़रा हूं और रेल की छत पर नंगे बदन बैठकर विभाजन के समय हिंदुस्तान पहुंचा हूं। इस कहानी में अब्बास साहब ने अपने ही ढंग के गणितीय समीकरण के बराबर के सिख और मुसलमान मारे थे, लेकिन इसपर भी सिखों की तसल्ली न हुई और मुझे अपनी 'कौम' से गद्दारी करते हुए अब्बास साहब के हक में बयान देना पड़ा। आखिर में अब्बास साहब की जान बच गई। अब, अपने भी अब्बास साहब को पढ़ा है, उनकी फिल्में देखी हैं, आप ही फैसला कीजिए कि मैंने अच्छा किया या बुरा?

तब तक अब्बास साहब 'इंडियन पीपुल्ज़ थियेटर' के दूसरे साथियों ने मिलकर हिन्दुस्तानी फिल्म का क्लासिक 'धरती के लाल' बना चुके थे। न सिर्फ यह कि 'धरती के लाल' पहली यथार्थवादी फिल्म थी, बल्कि उसने अपने देश के सोते हुए लोगों को झंझोड़ा और बाहरी देश वालों का ध्यान इस ट्रेजडी की ओर आकर्षित किया, जिसका नाम उस ज़माने का हिन्दुस्तान था। 'आज कल' का भी निर्माण हो चुका था। उसमें अब्बास साहब की उन कहानियों और उपन्यासों की किस्म का एक संदेश था, जो समर्थन के बाहुल्य से संदेश नहीं रह जाता, आदमी को चिढ़ा देता है क्योंकि वह अपने-आपको बदसूरत नहीं समझना चाहता। 'अनहोनी' पहली निष्पक्ष फिल्म थी, जो बहुत हद तक कामयाब रही।

विभाजन के बाद मैं बम्बई चला आया तो अक्सर अब्बास साहब से मुलाकातें हुई। हमारा 'प्रगतिशील आंदोलन' उन दिनों शबाब पर था। अब्बास साहब उसके पथप्रदर्शक थे और पथिक भी। कभी उन्हें इस आन्दोलन में ज़्यादती मालूम होती थी और अक्सर कभी। मुझे वे दिन याद हैं जबकि निर्धनों और दरिद्रों के लिए एक

प्रचारक की हद तक शोर मचाने वाले अब्बास साहब को पार्टी घोषणा-पत्र के अनुसार आन्दोलन से अलग कर देने की कोशिशें होने लगीं। तब मैंने अब्बास साहब को पहली बार इस कद्र गुस्से में देखा, जब उनके होंठ भिच भी रहे थे और फड़फड़ा भी रहे थे। चेहरा लाल हो रहा था और वे तेज़-तेज़ बातें किए जा रहे थे। आवाज़, जो पहले ही खिसियाई हुई थी और खिसिया गई। लेकिन पानीपत का होने और अपने-आपको पंजाबी कहलाने के बावजूद अब्बास साहब के मुंह से एक भी गाली न निकली, क्योंकि वह तह-ज़ीब का तकाज़ा न थी। उन दिनों हम 'चोर' का रोल अदा कर रहे थे और देख रहे थे कि जिस तरफ पलड़ा भारी हो, झुक जाएं। कुछ साहस और व्यक्तित्व की कमी और कुछ दिमागी कन्फ्यूज़न। बस, जो स्तालिन ने कह दिया, वह वेद-वाक्य है। कभी-कभी मह-सूस भी करते थे कि यह 'सैल' क्या बला है, जिसमें बैठे हुए लोग सर्व-ज्ञानी हैं और हमें सुने बगैर ही हमारी किस्मत का फैसला कर डालते हैं, जिसके सामने सिर झुकाना पड़ता है, वरना आप आन्दो-लन से अलग, हालांकि आज के आन्दोलन का पार्टी से कोई सम्बन्ध नहीं, कम से कम सीधे-सीधे नहीं। उसपर मज़ा यह है कि गलत फैसला करने की सूरत में बच भी निकलते हैं, क्योंकि वह फैसला एक आदमी का नहीं कई पंचों का होता है। और आप तो जानते ही हैं, पंचों में परमेश्वर होता है। फिर होशियारी का यह आलम कि इन पंचों में एक साहित्यिक किस्म का भी आदमी होता है—ऐसा आदमी, जो साहित्य और कला और उसके जनता के लिए उपयोगी या अनुपयोगी होने की सब सीमाएं जानता है। और फिर उसमें इस कद्र लोच भी है कि बरसों बाद पार्टी-लाइन के गलत होने पर माफी भी मांग सके। मैं तो अपनी नासमझी और कमज़ोरी की वजह से भयभीत था, वे अब्बास साहब के मुंह पर 'खरी-खरी' सुनाते थे और बाद में इसकी चर्चा करके खुश होते थे। अपनी हिम्मत पर खुद हैरान, लेकिन अब्बास साहब को उनके और अपने अन्वेषण की अपेक्षा अपने जज़्बे पर भरोसा था; इसलिए नहीं कि वह स्तालिन से लेकर कैफी आज़मी तक अपने-आपको ज़्यादा काबिल समझते थे, बल्कि इसलिए कि हकीकत पर पहुंचने के लिए उनके पास एक ही कसौटी थी—मुहब्बत ''जिसे सही आदमी कभी-कभी

खुद भी शको-शुबह की नज़र से देखता है और सरकस के रोप-वाकर की तरह ज़िंदगी के रस्से पर अपने-आपको विचार और भावनाओं के बीच संतुलित रखने की कोशिश करता है। बहरहाल अपने अंतिम विश्लेषण में वही कसौटी अपेक्षणीय ठीक उतरती है, क्योंकि उसके सम्मुख साहित्य और राजनीति गणित के पेचीदा सवाल नहीं रह जाते और न इंसान की सीधी-सादी समस्याओं का समाधान स्तालिन के परजिज़ के रूप में ढल पाता है और न माओ की तरह हिन्दुस्तान पर हमले के, ताकि रूस को कान हों···अतएव इन सब बातों के बावजूद अब्बास साहब के कदम अपने रास्ते पर से न डगमगाए। लेकिन तब तक किसी उक्ति के अनुसार–'बहुत सा पानी हमारी नदियों में बह गया था!'

हमारे बहुत-से दूसरे दोस्तों की तरह अब्बास साहब भी सोद्देश्य साहित्य के कायल हैं। इस सिलसिले में अगर कोई दिल और दिमाग का सामंजस्य करके लाया तो नतीजा अच्छा निकला, वरना महज़ आवाज़ होकर रह गया, बल्कि शोर। अब्बास साहब की कई कहानियां और दूसरी रचनाएं ऐसी भी हैं, जो प्रभावकारी नहीं होतीं और अगर होती हैं तो चरित्र-चित्रण की दृष्टि से अत्यधिक वस्तुवादी और सामयिक पहलू लिए हुए, जिसके कारण उनकी प्रतिध्वनि जल्दी लुप्त हो जाती है। लेकिन उनके उद्देश्य और दूसरों के उद्देश्य में भी अन्तर है। उन्होंने लड़की के सहारे तो दूसरी तरफ लकड़ी के सहारे इनकलाब तक पहुंचने की कभी कोशिश नहीं की और न इसमें बहुत-सों की तरह डूबे हैं। न उन्होंने भाषा और सौंदर्य पर अपने अर्थ थोपे हैं, बल्कि अपने उद्देश्य की खोज में कुछ यों सीधे गए हैं कि इधर-उधर भी नहीं देखा, हालांकि नज़रों से रास्ते को निखारते जाना कला का कौशल है। उनकी बहुत-सी रचनाएं पढ़कर मुझे यों लगा जैसे अब्बास साहब बहुत जल्दी में हैं। उन्हें एक काम थोड़े ही है—सैकड़ों हैं। उनके पास वक्त नहीं और ज़माना है कि तेज़ से तेज़तर होता जा रहा है और उसके साथ अपनी रफ्तार कायम रखना एक विशुद्ध वैज्ञानिक क्रिया है। मैं इस बात को दार्शनिक धरातल पर लाते हुए निवेदन करूंगा कि समय को थामना ही पड़ेगा, वरना हम कुछ नहीं कर सकते। जैसे हमारे बड़ों ने मौन के द्वारा वाणी थाम ली थी और एकाग्रता धारण करके

काल-भगवान की मार से भीपरे चले गए थे, इसी तरह की साधना हमें भी करनी होगी। हम साहित्यिकों का वास्टाक और राकेट यही है, जिसपर सवार होकर हम सूरज और चांद से भी ऊपर जा सकते हैं। एक दिन आएगा जब कि द्वंद्वात्मक भौतिकवाद के दावेदारों को भी उद्देश्य की पूर्ति और उसके भीतरी विरोधों को स्वीकार करना पड़ेगा।

अब्बास साहब की निजी ज़िंदगी के बारे में मैं इतना ही जानता हूं कि उनकी बेगम स्वर्गीय मज्जी एक निहायत ही प्यार करने वाली औरत थीं। हम साहित्यिकों से वह भाइयों का सा सलूक करती थीं। जुहू में मेरा एक कमरा था, जहां मैं बैठकर अपना काम किया करता था। अब्बास साहब का घर रास्ते में पड़ता था। कभी उनके यहां रुकता तो वह बड़ी शिकायत करतीं कि करीब से गुज़र जाते हैं और आते तक नहीं। उनकी मृत्यु से हमें ही इतना दुःख है, तो अब्बास साहब के बारे में आप अंदाज़ा लगा सकते हैं।

सेक्स के बारे में अब्बास साहब का दृष्टिकोण एक सामान्य, नार्मल, सभ्य मनुष्य का दृष्टिकोण है। वह जीवन के इस अंग को एकदम व्यक्तिगत समझते हैं। अंग्रेज़ी की एक उक्ति के अनुसार न तो वह 'किसीके गंदे कपड़े पब्लिक में धोते हैं और न अपने धोने देते हैं।' मतलब, अगर उनके पास ऐसे कपड़े हैं तो···!

एक चीज़ जिसने अब्बास साहब के सिलसिले में मुझे हमेशा हैरत में डाला है, वह है उनकी काम करने की आश्चर्यजनक शक्ति। कहानी लिख रहे हैं और उपन्यास भी। राष्ट्रीय या अंतरराष्ट्रीय धरातल पर फिल्म भी बना रहे हैं और पत्रकारिता को भी संभाले हुए हैं। 'ब्लिट्ज़' का आखिरी पन्ना भी बहरहाल लिखना ही है, लेकिन साथ-साथ ख़्रश्चेव की जीवनी भी हो गई। पंडित नेहरू से मिल आए, जिनसे उनके निजी संबंध हैं। फिर पैंतीस लाख कमेटियों के मेम्बर होना सामाजिक ज़िम्मेदारी का सबूत है। और यह बात मेम्बरशिप तक ही सीमित नहीं। हर जगह पहुंचेंगे भी और भाषण भी करेंगे। पूरे हिन्दुस्तान में मुझे इस किस्म के तीन ही आदमी दिखाई दिए—एक पंडित जवाहरलाल नेहरू, दूसरे बंबई के डाक्टर बालिगा और तीसरे ख्वाजा अहमद अब्बास साहब, जिनकी यह शक्ति और सामर्थ्य एक सामान्य व्यक्ति की नहीं। अतएव जब

मैंने एक बार अब्बास साहब के सामने अपनी विस्मय की यह भावना व्यक्त की तो उन्होंने हमेशा की तरह औपचारिक विनम्रता से टाल दिया और बोले, "तभी तो हर बात में पतलापन है···" और फिर मुस्कराकर मेरी तरफ देखते हुए बोले, "आजकल क्या लिख रहे हो?"

बीच में किसीने टोक दिया, इसलिए अब्बास साहब ने मेरी आंखें न देखीं, जो नम हो गई थीं। उनसे मेरी पहली मुलाकात में बीस-पच्चीस बरस का अन्तराल आ चुका था और मैं अपने बारे में कम बात करना सीख चुका था···।

हज्जाम इलाहाबाद के

मैं जहां डायक पर खड़ा हूं, यहां से दृश्य अत्यन्त सुंदर हैं···यह गंदली गंगा, वह नीली जमना और बीच में कहीं सरस्वती माई है, जो आज तक किसीको नज़र नहीं आई। हम इन तीनों नदियों को त्रिवेणी कहते हैं और जी में आए तो इनके मिलाप को संगम भी कहते हैं। मूड-मूड की बात है···

यह संगम यों तो और भी बहुत-से काम आता है, लेकिन किसी मरे हुए लीडर की अस्थियां बहाने के लिए बहुत ही अच्छा है। यह किला जो आप देख रहे हैं, मुगल सम्राट अकबर ने बनवाया था। उसकी दृष्टि कितनी दूरदर्शी थी—मानो वह सदियों पहले जानता था कि चीन की तरफ से हमला होगा तो यहां पहुंचते-पहुंचते तो रुक ही जाएगा। कुछ नदियां रोक लेंगी, रहा-सहा यह किला रोक लेगा। यही कारण है कि जमना का पानी आज तक इस किले के पैर धो-धोकर पीता है।

पीछे इलाहाबाद शहर है। न मालूम इसे किस फकीर की दुआ लग गई है कि हर साल गंगा और जमना में बाढ़ आने पर भी यह नहीं डूबता। दारागंज के आसपास कुछ झोंपड़ियां, कुछ कच्चे मकान हैं, जिनकी बलि देकर यह फिर से अपने पांव पर खड़ा हो जाता है, जैसे कोई ज़च्चा छठी नहाकर उठ खड़ी होती है। आज शहर पर कोई धुंध-सी छाई है या शायद लोगों की आहों का धुआं है, फिज़ा की सर्द मेहरी[1] है जिसे ऊपर नहीं उठने देती। नीचे ज़मीन सेंकती है, ऊपर आसमान सेंकता है। लोग बड़ी खुशी से घुट-घुट जाने वाली इन ग्रहों को फिर से सांस बनाकर इस्तेमाल करते हैं।

1. उदासीनता

दूर बाईं ओर इलाहाबाद का नया स्टेशन है, जो कुम्भ के अवसर पर आने वाले बेशुमार यात्रियों के लिए बनवाया गया है। और जिसपर हमारी सरकार के लाखों रुपये लगे हैं। कोई ज़रूरी नहीं, इस स्टेशन पर सिर्फ यात्री लोग ही उतरे। हम और आप भी उतर पड़े तो कोई नहीं रोकता। यह लोकराज है न—जिसे सांझी-वाद की पुट लगी है, जैसे भांग को संखिए की पुट लगा दी जाए तो वह और भी तेज़ हो जाती है। इसी तरह हमारा यह लोकराज और भी नशाआवर हो गया है, स्टेशन के पीछे सिविल लाइन्स की इलाका है जिसे बना तो अंग्रेज़ गया, इस्तेमाल हम कर रहे हैं। मैं तो समझता हूं, इसमें शर्म की कोई बात नहीं। उसने एक गिरजा भी बनवाया जो बहुत पक्का है। पिछली सदी में छावनी के जितने अंग्रेज़ अफ़सर मरे, उनकी आत्माएं अब तक इस गिरजे में अबादत करने आती हैं और खुदा से दुआ करती हैं कि उन्हें स्वर्ग की विलासिता से छुटकारा दिलवाकर एक बार फिर इलाहाबाद की छावनी में भेज दे ···। तो गोया हर शाम यहां पुराना इलाहाबाद, तेल में सिर बसाए, मुंह को गिलौरी में दबाए इस नये मॉडर्न इलाहाबाद से गले मिलने चला आता है और कॉफी या व्हिस्की पीकर किसी मौलवी की तरह चोरी की मुर्गी बगल में दबाए, कहीं भी निकल जाता है।

मैं—मझे इलाहाबाद ही का समझो, यों मैं बेलाटकई का रहने वाला हूं, जो यहां से पचास-साठ मील परे एक छोटा-सा गांव है। बरसों पहले एक अहीर बूढ़े ने बैठे-बैठे मनों ही सन बट डाली, सैकड़ों ही रुपये बनाए, लेकिन सबके सब मेरी पढ़ाई पर डुबो दिए। खुद वह अंधा हो गया, पर मुझे दिखने लगा। यह काला अक्षर, जो हमारे देश के बहुत-से लोगों को भैंस बराबर मालूम होता है, मुझे भूरी पुड़िया नज़र आता है।

मैं इस उलटी तरफ बमरौली हवाई अड्डे पर क्लर्की करता हूं···दस बजे मुझे दफ्तर पहुंचना है। लेट हो गया तो मेरा सेक्शन इंचार्ज बहुत खफा होगा। वह बेहद नर्वस आदमी है और ब्लड-प्रेशर का मरीज़। मुझे अपना तो कुछ नहीं, अलबत्ता मुझे गाली देते हुए वह कांपा, मुंह पर झाग लाया और गिर गया तो फिर··· मेरा क्या होगा? लेकिन खैर···कोई बात नहीं, अभी बहुत टाइम

है। फिर हज्जाम लोकपति के ग्राहक भी धीरे-धीरे कम होते जाते हैं···

हां, तो वहां बमरौली के हवाई अड्डे पर जब मैं आफिस के केबिन में बैठा हूं तो खिड़की से मुझे हवाई जहाज़ उतरते-चढ़ते दिखाई देते हैं। रन-वे छोटा होने की वजह से बड़ा जेट हवाई जहाज़ तो कोई नहीं आता, अलबत्ता छोटे-छोटे मिम्बटसे बीसियों आते हैं। जैसे सीलबंद गुसलखाने में रेत-मक्खी अपने-आप पैदा हो जाती है, ऐसे ही ये जहाज एकाएकी आसमान के किसी कोने से टपक पड़ते हैं। चाहे वे छोटे हैं, पर आदमी उनमें से बड़े उतरते हैं। कभी-कभी सांपों, रस्सा उछालने वाले मदारियों, हाथियों, राजा, महाराजाओं और नागा साधुओं की तलाश में बाहर से टूरिस्ट भी आ जाते हैं और हमें इतना सुखी देखकर बड़े दुखी होते हैं। बस, मेरा सम्बन्ध बाहर की दुनिया से सिर्फ इतना ही है या फिर मैं अखबार 'लीडर' पढ़ लेता हूं।

अब लोकपति ज़्यादती कर रहा है। मुझे अधमुंडा छोड़कर उसने एक और ग्राहक पकड़ लिया है। मैं उसकी तरफ नज़रों के हाथ जोड़ते हुए कहता हूं, "दया करो, लोकपति! ···मेरी हालत पर तरस खायो।"

"अभी लो, बबुआ," लोकपति कहता है, "अभी पट से सब सफाचट हुआ जाता है।" और अपने उस्तरे से वह ग्राहक के चेहरे पर दो-एक खूबसूरत-से खत बना देता है। तभी वह एक और ग्राहक को पकड़ लेता है जो मेरी तरह चिल्लाता है, "मुझे दफ्तर जाना है।"

"सभोंको जाना है, बबुआ, सभोंको जाना है।"

और लोकपति की आवाज़ में हार से मिली-जुली एक दार्शनिक-सी जीत है, जिसका आधार हमारे सदियों के पुराने ग्रंथ और शास्त्र हैं। मालूम होता है, वह इस समय मेरे दफ्तर की नहीं भगवान के घर की बात कर रहा है, मरकर जहां सभोंको जाना है।

सवा आठ हो गए···जीवन बीता जा रहा है, दफ्तर बीता जा रहा है···यहां से घर, घर से दफ्तर, दफ्तर से श्मशान···बीच में जन्म ही से थकी-हारी पत्नी से झपट···मार के बजाय खाना खाना···खाना भी वह जो पुकार-पुकारके कह रहा है—खा न,

खा न···सिवाय गोद के बच्चे के बाकी के या तो स्कूल जा चुके होंगे और या बाहर मिट्टी में रुल रहे होंगे। मैं तो कहता हूं कि रुल ही जाएं तो अच्छा है।···अरे हां, एक बात तो आपको बताई ही नहीं। मैं जवाहरनगर में रहता हूं, जिसे बने बहुत अरसा नहीं हुआ। इसलिए सारे का सारा धूल और मिट्टी से अटा है। मैं मिट्टी को बहुत पसंद करता हूं। एक तो इसलिए कि मेरा और आपका, सबका खमीर मिट्टी से उठाया गया है और दूसरे इसलिए कि जब तक किसी बच्चे को मिट्टी का चुम्बन न मिले, वह पनपने ही नहीं पाता। बीस-बीस रुपये पाने वाले, ट्यूशनों पर जीने वाले स्कूल के टीचर इस बात के महत्व को क्या समझें? ज़रा किसी बच्चे के कपड़ों पर मिट्टी देखी, उलटा मां के पास भेज दिया, जो पहले ही गर्भवती है। औरतों की भाषा में "उसकी वह तो पायजामे से भी छू जाए तो पेट हो जाता है।"

नीचे डायक भी भुरभुरी है या शायद दफ्तर से लेट हो जाने का डर है, जिस कारण ज़मीन पांव-तले से सरकती नज़र आती है। मालूम होता है जैसे बरसों पहले कुम्भ के मेले पर सैकडों हज़ारों लोग स्टेम्पेड में दब गए थे, उनमें से कोई बच गया और अब मनों मिट्टी को सिर पर से हटाते हुए बाहर आने की कोशिश कर रहा है। सुन रहे हो? ···मालूम नहीं होता जैसे दूर, नीचे से एक कोरस की आवाज़ आ रही हैं :

"अहिस्ता चल, हो सके तो चल ही मत—तेरे कदमों के नीचे हज़ार जानें हैं।"

लोग जैसे पाताल से निकलने का यत्न कर रहे हैं। किले के अंदर जहां ऊपर बंदर हैं, नीचे मंदिर है, कोई कृष्णजी का, कोई महावीर जी का और कोई काली माई का। वे सब किले में, ज़मीन के नीचे यों दबे हुए हैं कि उनके अंदर जाने से भी डर आता है। लेकिन अगर इंसान आसमान को थिगली लगा सकता है, चांद-सितारों से गले मिल सकता है, तो क्या नीचे पाताल तक ही नहीं पहुंच सकता? उस गाय के सींगों को नहीं छू सकता जो सदियों से हमारी धरती का बोझ उठाए खड़ी है और वह भी एक सींग पर? जिसके कारण हमारी ज़मीन सूरज के गिर्द घूमती है और बेकार के मौसम बनाती रहती है। आज पूस पड़ रही है, कल झुलस देने वाली लू चल रही

है—अभी बारिश से बरबाद हो रहे हैं, फिर ओड लगने से मर रहे। हैं···अब के जो लोग पाताल से आए हैं, अजीब-सी खबर लाए हैं। उनका कहना है, गाय बस सींग बदलने ही वाली है, जिससे सारी दुनिया हिल जाएगी, सब नष्ट-भ्रष्ट हो जाएगा—नीचे का ऊपर, ऊपर का नीचे, दाये का बायें··· देर तक योंही कांपती रहेगी और आखिर थम जाएगी और सदियों तक योंही थमी रहेगी। फिर गाय उसी समय सींग बदलेगी जब विज्ञान इतनी उन्नति कर जाएगा कि हल धरती पर चलने के बजाय, धरती हल पर चलने लगेगी। औरत के पेट में खाली हवा रह जाएगी और मर्द के पेट में बच्चा।

लोकपति का नया ग्राहक चिल्ला रहा है। बात यह है, इस नये ग्राहक की हजामत शुरू करके, उसके चेहरे पर तीन-चार खूबसूरत खत लगाकर लोकपति ने इस गरीब को भी बीच ही में छोड़ दिया और एक नये ग्राहक को पकड़ लिया। अब वह पहला ग्राहक लोकपति से लड़ रहा है, उसे गाली दे रहा है···अरे! यह क्या हुआ? दुहाई लाट साहब की··· 'वह पहला ग्राहक चुपके से चल दिया। वह···मेरी तरफ आ रहा है।

मैं—उसे जानता हूं।

"उग्गर?···उग्गरसेन···"

"हां, जल-तोरी! तु यहां कैसे?" वह मुझे देखते हुए कहता है।

यों मेरा नाम विधानचंद्र है, पर मेरे वेजीटेरियन होने की वजह से वह मुझे हमेशा जल-तोरी ही कहकर पुकारता है और मैं भी उसे नहीं बताता कि जल-तोरी असल में मछली को कहते हैं जो मांस से बनी होती है। अगर रोहू और कतला हो तो उसमें फिर नाम के लिए रीढ़ की हड्डी होती है। और अगर कहीं मेरी तरफ की ट्राऊट हो तो रीढ़ की हड्डी होती ही नहीं। फिर मुझे जल-तोरी पुकारने की एक और वजह थी। पिछले चुनाव में मैंने कांग्रेस को वोट दिया था। आज तो वह लोकपति पर खफा था, वरना हमेशा वह मुझे मां-बहन की ये मोटी-मोटी गालियां दिया करता है। मेरा बड़ा मित्र है।

मैं कहता हूं, "भाई, मैं तो स्नान करने आया था; सोचा कि

हजामत ही क्यों न बनवाता जाऊं! अपना उस्तरा ज़रा कुंद हो गया···कोई सिल्ली ही नहीं मिलती उसे लगाने, तेज़ करने के लिए।"

"तुम भी सेफ्टी इस्तेमाल नहीं करते?" उग्गर मुझसे पूछता है।

"आं हां···," मैं कहता हूं, "सेफ्टी के साथ मज़ा नहीं आता।"

"तुफ," उग्गर सिर हिलाते हुए कहता है, "यह हम अनसाइंटेफिक लोगों ही की वजह से है जो इधर बीवियों को और उधर देश-भर को मुसीबत पड़ी हुई है। खाहमखाह की दिन दूनी और रात चौगुनी तरक्की होती जा रही है।"

"तो फिर क्या करना चाहिए?"

"तुम्हारे और मेरे जैसे लोगों को तो खस्सी कर देना चाहिए··· इससे तो अच्छा है हजामत के लिए वहां सेलून चले जाया करो।"

"न भैया!" मैं कहता हूं, "सेलून महंगा पड़ता है···तू आज इनके चक्कर में कैसे पड़ गया?"

"क्या बताऊं, यार?" उग्गर दाढ़ी के अनकटे हुए हिस्से पर हाथ फेरते हुए कहता है—"क्योनाल से मेरे मौसा दीनानाथ आए थे। कहने लगे, 'संगम पर नहाएंगे।' मैंने कहा, 'नहाइए, मेरा क्या जाता है! जब तक मैं हजामत बनवा लूंगा।'—और यों मैं इन कमीनों के चक्कर में फंस गया।"

और मैं उग्गरसेन की तरफ देखकर हंसता हूं। लोकपति ने उसके चेहरे पर क्या खूबसूरत डाकबंगला बना दिया है, यानी कि मकान भी है और लॉन भी है। एक तरफ सफेदी, दूसरी तरफ स्याही। मालूम होता है, अपने ही साथ मुंह काला किया है···और फिर यकायक मेरी हंसी बंद हो जाती है—मैं भी ऐसा ही बूदम लग रहा हूं। उग्गरसेन कहीं मुंह नहीं दिखा सकता तो मैं भी दफ्तर नहीं जा सकता।

एक हमदर्दी की नज़र से उसकी तरफ देखते हुए मैं अपनी बांहें उसके गिर्द डाल देता हूं और कहता हूं, "कोई बात नहीं, दोस्त! ज़िदगी में ऐसा भी हो जाता है।"

"ज़िंदगी की ऐसी-तैसी," उग्गरसेन एकदम आगबबूला होकर कहता है। बजाय इसके कि उसकी तसल्ली हो, मेरी हमदर्दी के

लफ़्ज़ जले पर नमक का काम कर जाते हैं और वे गालियां जो उग्गर मुझे दिया करता था, हज्जाम को देने लगता है, "उनकी ̈ ̈हर बात में मुनाफाखोरी! इसने पूरे मुल्क का बेड़ा गर्क कर दिया है।" और फिर एक और गाली, पहले से ज़रा छोटी उम्र की और कुंवारी ̈ ̈मुझे बड़ी जलन होती है। मालूम होता है, मेरे बजाय उसने लोकपति को अपना साला बना लिया है।

"सुनो उग्गर!" मैं पूछता हूं, "तुम कब से अहिंसावादी हो गए?"

"क्या करता?"

"अरे, लगाते पकड़के उसे दो-चार।"

और ऐसा करने में अपना मुक्का ज़ोर से हवा में घुमाता हूं, मुंह में गालियां मिनमिनाता हूं, जो सब नामर्द लोग करते हैं, क्यों तुमने उसकी पिटाई न की?"

"कैसे करता?" उग्गरसेन हज्जामों की तरफ देखते हुए कहता है, "यह सामने कैबिनेट है ना, इसमें जितने बैठे हैं, सबके हाथ में एक-एक उस्तरा है।"

फिर हम दोनों मिलकर हंसते हैं, एकाएकी खफा हो उठते हैं। और फिर एक-दूसरे के लंडूरे मुंह की तरफ देखकर खिलखिला उठते हैं। आखिर इस नतीजे पर पहुंचते हैं कि जैसे-कैसे भी हैं, अपने देश के नाई हैं। हमारे बेटे-बेटियों का यही रिश्ता लाने वाले हैं। हमें उनसे सामने का झगड़ा मोल नहीं लेना चाहिए। आखिर तो अपना गला इन ही के हाथ में लाना है।

संगम पर औरतें नहा रही है। उनमें से एक का भी जिस्म अच्छा नहीं। किसीका पेट लटका हा है, तो किसीकी टांगें ऊपर उठी हई। मालूम होता है, नैशनल बैंक का टेलर है, जो ऊंची कुर्सी पर बैठा हुआ पब्लिक के साथ बिज़नेस कर रहा है। एक बुढ़िया है। शहर के ग्वालों ने जिसकी ममता का आखिरी कतरा तक निचोड़ लिया और भरे बाज़ार में बेच डाला। पीठ से लगा हुआ उसका पेट, सूखी मरगिली टांगें और ठूंठ से बाज़ू हैं, जो देखने में ऊपर उठकर सूरज भगवान को अंजलि कर रहे हैं, लेकिन असल में लपक-लपककर केंद्रीय सरकार के खाद्य-विभाग की जान को रो रहे हैं। जैसे हमारी फिल्म 'पाथेर पंचाली' विदेश पहुंची है और वहां के लोगों

ने बहुत पसंद की है, उसी तरह बाहर के लोग इस बुढ़िया की तस्वीर देखकर बहुत खुश होंगे। फोटोग्राफी में दुनिया का सबसे बड़ा पुरस्कार इसे मिलेगा और दुनिया-भर के देशों से अनाज के जहाज़ कहीं और जाने के बजाय हिन्दुस्तान की ओर पलट पड़ेंगे···

···अच्छी औरतें हमारे देश में कहां रह गईं? वे तो अब सिर्फ कैलेंडरों पर दिखाई देती हैं। बशर्ते कि वे भी 'लीडर प्रेस' में छपे हों···अरे नहीं भाई! अब भी कहीं कोई एक-आध दिखाई पड़ ही जाती है। वह देखो सामने···एक नवयौवना रमणी भी है। चलो, एक तो है, जिसने सुबह के रिक्त दृश्य को भर दिया और रामधुन की यकसां और थका देने वाली आवाज़ कम्पित कर दी। वह साड़ी समेत नहा रही है। लेकिन बेचारी शर्म की मारी साड़ी के बगैर भी होती तो नज़र न आती ···पानी के कारण कपड़ा उसके बदन से चिपक-चिपक जाता है। इधर-उधर देखती हुई, जिसे वह बार-बार अपने-आपसे अलहदा करती है। हिन्दुस्तानियों के समूचे राष्ट्र की तरह वह अपने शरीर को अपवित्र और अशुद्ध समझती है और इस भ्रम में है कि गंगा का पानी उसके स्त्रीत्व की गंदगी और मैल को भी धो डालेगा, उसके शरीर को पवित्र कर देगा। कोई भी पानी उसके शरीर को पवित्र नहीं कर सकता, क्योंकि वह पानी जिससे जीवन, जीवन बनता है, उसमें वह खुलके नहा नहीं सकती, उसमें नहाए बगैर भी नहीं रह सकती। उसके भाइयों को इस एहसास से कोई नहीं निकाल सकता कि वे जी रहे हैं तो कितना बड़ा गुनाह कर रहे हैं। उनके ज़हन की गहराइयों में यह चीज़ बस चुकी है कि गाय के दूध पर सिर्फ बछड़े का हक होता है। और वे दूध पिए बगैर नहीं रह सकते, बछड़े के साथ पाप किए बगैर भी नहीं रह सकते···

हां! यह दुनिया दुःख का घर है, जिसमें छोटी मछली बड़ी मछली को खा रही है। सांस भी लेते हैं तो हज़ारों कीड़े हवा के साथ अंदर जाते हैं। क्या कोई साधन नहीं—पुराण और शास्त्र का कोई हवाला नहीं जो इस सत्य को झुठला सके कि जीवन का आधार जीवन पर है? चलो, जीवित रहने के लिए एक जीवन लेना ही ज़रूरी है तो कम से कम तत्वों का नाश किया जाए। मर्द में पांच तत्व होते हैं। होते औरत में भी पांच ही हैं, लेकिन हर

दूसरे साल खाक और खून में लिथड़ने, बच्चे पैदा करने, घर-बार में उलझे रहने के कारण आखिर साढ़े चार रह जाते हैं। गाय, घोड़े और बकरी में चार, मुर्गी, बटेर में तीन, कीड़े-मकोड़ों में दो और फल-सब्ज़ी में एक···इसलिए फल और सब्ज़ी ही से पेट का नरक भरना अच्छा। आखिर एक ही तत्व का नाश होता है ना···

अरे, याद आया···मिट्टी चाहे उपजाऊ होती है, इसपर भी उसमें आधा या कोई भी तत्त्व नहीं होता। इसलिए मिट्टी खाना चाहिए। मैं—विधानचंद्र, पुरखों से अच्छा हिन्दू होने के कारण कल से मिट्‌टी ही का भोजन किया करूंगा।

नाववाले धड़ावड़ श्रद्धा-मारे लोगों को बीच मंझधार ले जा रहे हैं, जहां गंगा, जमना और सरस्वती मिलती हैं। पांडे लोग पूजा के फूल टोकरियों में लिए उन्हें दे रहे हैं और मुख्तलिफ बहानों से पैसे बटोर रहे हैं। हां, फूल ज़मीन पर थोड़े उगते हैं? वह ज़माना गया जब कमल अपने-आप खिल जाया करते थे और धरती का उलहास ऊपर चला जाता था और उसकी छातियों पर मोतिया और फरने और मरवा के साथ चमेली, गुलाब और सद-बर्ग के नक्शो-निगार बना दिया करता था।

यह लीजिए, नौ बज गए—अब हम तंग होने लगे हैं।

मैं और उग्गरसेन, दोनों टहलते हुए लोकपति की तरफ जाने लगते हैं। तभी लोकपति का चौथा ग्राहक भी अपनी तरफ आता हुआ नज़र आता है। चाहे मैं उसे नहीं जानता; पर शक्ल ही से वह अपनी बिरादरी का जान पड़ता है। वैसे ही आधा मुंडा हुआ, वैसे ही दो-चार खत चेहरे के बाईं तरफ लगे हुए। मैं ज़रा हिम्मत करके आगे बढ़ता हूं और उससे पूछता हूं :

"क्यों भैया, क्या हाल है?"

"अच्छा है।" वह कुछ झेंपकर कहता है।

"क्या देख रहे हो?"

"यही—दुनिया का रंग।"

और फिर वह दाढ़ी के अनकटे हिस्से पर हाथ फेरने लगता है। क्या देखते हैं कि हम तीनों हंस रहे हैं और फिर एकाएकी तीनों ही खफा हो उठे हैं। मैं उग्गर से कहता हूं, "यह ठीक है कि लोकपति के हाथ में उस्तरा है, लेकिन अगर हम चारों मिलकर उसपर झपट

पड़ें तो वह हमारी दाढ़ी साफ करे या न करे, हम ज़रूर उसकी तबीयत साफ कर सकते हैं।"

उग्गर संदिग्ध दृष्टि से मेरी ओर देखने लगता है जैसे कह रहा हो—'चारों मिल के?' जैसे हम चार कभी मिल ही नहीं सकते और अगर मिल गए तो फिर हम हिन्दुस्तानी नहीं। ज़रूर हममें से किसीकी रगों में विदेशी खून दौड़ रहा है। अगर मुझे दफ्तर न जाना होता तो भाई, मैं तो ज़रूर उनके साथ मिल जाता। हां, यह चौथा हमारा—खुदा मालूम इनकी क्या आइडियालोजी है?

हमारा चौथा भाई हुंकारने लगता है—वह लोकपति और उसके साथियों के खिलाफ ज़हर उगलने लगता है, "यह लूट-खसोट, यह मुनाफ़ाखोरी गैरकानूनी और गैरजमहूरी है। हमें इसके खिलाफ जिहाद करना चाहिए, बगावत करनी चाहिए।" और फिर वह दूर ही से हज्जामों को धमकियां देने लगता है। जब वह शुरू हुआ था तो मैं समझा था कि उसके हाथ में उस्तरे से भी ज़्यादा तेज़ कोई हथियार होगा, जिसे घुमाते हुए वह ज़ोर से ललकारेगा। दुनिया भर के अधमुंडों को उकसा-भड़काकर अपनी मदद के लिए तैयार करेगा और लोकपति शौर उसके साथियों का खून कर डालेगा; लेकिन यह जानकर दुःख भी हुआ और हंसी भी आई कि वह हमारी तरह पार्लियामेंटरी डेमोक्रेसी का कायल हो गया है, जहां हम भाषण झाड़कर हार चुके हैं। वह नया भर्ती होने के कारण अभी तक जोश में चिल्ला रहा है। ज़मीन से चार-चार फुट ऊपर उछल रहा है, और जब उछलता है तो कुछ आगे बढ़ने के बजाय थोड़ा पीछे हट जाता है।

"यह लोकपति," वह कहता है, "कहीं बाहर से दो अच्छर क्या पढ़ आया है, अपने-आपको खुदा समझने लगा है। दुनिया-जहान की बहू-बेटियों से आंखें लड़ाता फिरता है। और नहीं जानता कि उनके अपने घर में क्या हो रहा है। जब वह अपने काम में मसरूफ होता है, उसकी बीवी स्टीलवाले एक सेठ के साथ रास रचाए रहती है, लड़की एक सटई के पीछे भागती फिरती है और लड़का चवा बाज़ार के कोठों के चक्कर लगाता है···"

यह चौथा भाई हमारा यहां के सब हज्जामों को जानता है। सबके कच्चे चिट्ठे खोलकर हमारे सामने रखता है। यह उसीने

बताया, उनमें तीन-चार अच्छे हज्जाम थे जो पूरी हजामत बनाने के कायल थे; लेकिन बदकिस्मती से वे एक-एक करके मर गए या बाकियों के शोर मचाने के कारण निकाल दिए गए। वे सब लोकपति के दोस्त थे और उनकी वजह से लोकपति सब कुछ कर सकता था, क्योंकि उसकी सूझ-बूझ अच्छी थी, नीयत साफ थी। लेकिन उनके चले जाने के बाद वह अकेला रह गया। मजबूरन उसे दूसरों की हरकतों पर खामोश रहना पड़ता है और कभी वह खुद भी वही करने लगता है जो उसके बाकी हज्जाम साथी करते हैं।

इन हज्जामों के अलावा दूसरे जो दरबों से बाहर बैठे हैं, इस खेल के कायदे-कानून से वाकिफ हो चुके हैं। इलाहाबाद शहर जिसके नीचे कहीं सरस्वती बहती है, किसी ऐसे व्यक्ति को जज़्ब नहीं कर सकता जो पढ़ा-लिखा न हो। अगर संयोग से कोई अपढ़ आ भी जाए तो चंद ही दिन में वह इतना पढ़ जाता है कि यूनिवर्सिटी का कोई भी अच्छे से अच्छा विद्यार्थी उसका मुकाबला नहीं कर सकता। इलाहाबाद के हज्जाम आदमी बड़े मज़े के हैं, खूब दूर की सोचते हैं, लम्बी-चौड़ी योजनाएं बनाते हैं, जिनमें से पूरी एक भी नहीं कर पाते। बस, भाषण देते हैं। भाषा के बारे में राय ज़रूर रखते हैं, लेकिन उसे अमली जामा पहनाना तो एक तरफ, नंगा घूमने भी नहीं देते। आपस में मिलकर कुछ गोष्ठी-सी करते रहते हैं... इनमें से एक कवि है, जिसका नाम चंद्रभान है और जो 'वियोग' तखल्लुस (उपनाम) रखता है। हिन्दी के छन्द को उर्दू से अक्लमंद बनाता है। तबीयत इस कद्र हाज़िर है कि अप्सरा के बजाय देव-बालक पसंद करता है। जानता है ना कि औरत से प्यार तो एक स्वाभाविक बात है; लेकिन मर्द से प्यार एक सर्वोच्च कला।

एक दिन बैठे-बैठे चंद्रभान 'वियोग' ने बहुत पी ली और नशे के आलम में बहुत रोया। उसे यकीन हो गया कि वह पैगम्बर है। हाय, दुनिया ने उसे नहीं समझा। मैंने कहा, "कोई बात नहीं वियोग जी, दुनिया आज नहीं तो कल आपको समझ लेगी।" फिर मधु-मदिरा के सब रहस्य चंद्रभान 'वियोग' पर खुल गए और वह नशे में धुत् रहने लगा। अब वह जीवन के रंगमंच पर आता तो

खूब लड़खड़ाता हुआ। लोग उसके लड़खड़ाने को भी अभिनय की एक किस्म समझते, जिसे नाचते-नाचते उसके बाकी साथी तो रंग-मंच के बिंग में गए, सो गए।

चंद ही बरसों की बात है, इलाहाबाद के इन हज्जामों में पंजाब का एक सिख हज्जाम आ गया। बस, फिर क्या था! सब लठ लेकर उसके पीछे दौड़े और उसे निकाल फेंकने दी तरकीबें लड़ाने लगे। लेकिन वह भी एक ही बदमाश था, बाकायदा सीना तानकर सामने खड़ा हो गया! अगर किसीने एक उस्तरा निकाला तो उसने दो निकाल लिए। बाकी हज्जाम डरकर बैठ गए और सामने होकर लड़ने के बजाय नीति की बातें करने लगे। वह घाघ सब कुछ समझ गया। उसने अपने केबिन के पीछे से कुछ तख्ते निकालकर एक खिड़की बना ली और उसपर एक बोर्ड लगा दिया, 'कौशिक चैरिटेबिल होम्योपैथिक डिस्पेंसरी' और कुछ दवाइयों की शीशियां रख लीं—मदर टिंक्चर, 6 एक्सपोटेंसी, तीस, दो सौ, हज़ार, पचास हज़ार, लाख की पोटेंसी।

बस, फिर क्या था, आसपास के गरीब-गुरबा, बिना पोटेंसी के सब लोग इलाज के लिए उसके पास आने लगे। दूसरे हज्जाम लोग बिदके। एक मीटिंग करके उन्होंने उसके खिलाफ फैसला कर लिया, लेकिन जब तक कौशिक कमेटी की हिमायत हासिल कर चुका था। उससे ग्रांट भी ले चुका था। अब उसे वहां से कोई न हिला सकता था। अतएव आज तक वह वहां बैठा सबकी छाती पर मूंग दल रहा है। बाकी हज्जाम उसका कुछ न बिगाड़ सके। अपने बेटे-बेटियों के रिश्ते भी नाई होने के नाते उससे करवाते हैं।

इसपर तुर्रा यह कि उनके बीच एक सिख हज्जाम भी चला आया। लोग समझते थे कि उसका कारोबार क्या चलेगा, जिसकी अपनी शेव नहीं बनी; लेकिन साहब, जो अंदाज़ा सयाने का होता है, दीवाने का नहीं होता। उलटा उसके पास ज़्यादा ग्राहक आने लगे। वे जानते थे न कि बालों के बारे में जितना यह जानता है, कोई दूसरा नहीं जान सकता। अगर इसे बालों से मुहब्बत होगी तो ऐसी प्यारी शेव बनाएगा कि राह चलती लड़की गाल से गाल रगड़ेगी। और नफरत होगी तो यों खूंटी से उखाड़ फेंकेगा कि सात जन्म तक न ठुड्डी पर बाल उगेंगे, न दिमाग में खयाल पैदा

होगा।

यह हमारा चौथा भाई संगम के नाइयों के बारे में और भी बहुत कुछ कहना चाहता है; लेकिन मैं उग्गरसेन को आंख मारता हूं और कहता हूं, "भाई, मैं तो चला। साढ़े नौ हो गए।"

उग्गर हैरानी से मेरी तरफ देखते हुए कहता है, "ऐसे ही चल दोगे जल-तोरी?"

"क्या करूं?" मैं कहता हूं, "गया तो बीवी ही चली जाएगी ना, नौकरी तो नहीं जाएगी!"

और हसरत की नज़र से लोकपति को देखते हुए चल देता हूं, जिसके पास अभी तक ग्राहकों का तांता बंधा है। मेरे मन में यह खयाल चुटकी लेता है कि शायद लोकपति अब भी मुझे बुला ले और अगले पांच मिनट में नकसुक से दुरुस्त होकर जाऊं। लेकिन साहब, लोकपति को कहां वक्त है! और मैं रिक्शा लेकर घर पहुंच जाता हूं।

विद्या, मेरी बीवी मेरा इंतज़ार कर रही है।

"हाय जी, क्या हुआ?" वह चौखट पर मेरी आहट सुनते हुए बोल उठती है।

"क्यों, कुछ हुआ क्या?" मैं पूछता हूं।

"कहां भांग पीकर पड़ गए?"

मैं कोई जवाब नहीं देता, लेकिन वह कहे जाती है, "इतना भी न सोचा, दफ्तर का वक्त हो गया। तुम्हें तो बस कोई बातें करने को मिल जाए।"

तभी उसकी नज़र चेहरे पर पड़ती है। "मैया री!" वह कहती है, "यह क्या?" और फिर वह दुपट्टा मुंह पर करते हुए हंसने लगती है। फिर इस पर बस नहीं, पड़ोस में आवाज़ देती है, "जग्गन भैया, ऐ ज़रा इनको भी देखना।"

मैं हाथ जोड़ देता हूं, "विद्या, भगवान के लिए···"

और फिर वह खुद ही देखने के लिए हाथ मेरी दाढ़ी की ओर बढ़ाती है।

"खबरदार!" मैं उसका हाथ झटकते, खफा होते हुए कहता हूं, "तू हाथ लगाएगी तो मैं लात लगाऊंगा।"

और फिर मैं सोचता हूं, इसमें बेचारी विद्या का क्या कसूर?

एक सर्द आह भरते हुए मैं उसे सिर्फ इतना ही कहता हूं, "शुक्र करो, तुम औरतों की हजामत किसी लोकपति ने नहीं त्रिलोकपति ने बनाई है।" और ऐसा कहने में मैं ऊपर भगवान की तरफ इशारा करता हूं।

"हमें और थोड़ी मुसीबतें हैं," विद्या कहती है, "तुम्हें तो सिर्फ एक हजामत बनवानी पड़ती है।"

इसके बाद विद्या खाना निकालने लगती है। मैं गुस्से में कहता हूं, "आज खाना नहीं खाऊंगा।"

वह हाथ मलते हुए कहती है, "हाय जी, क्या अनर्थ है! गिरे गधे पर से और गुस्सा गरीब कुम्हार पर निकाल रहे हो!"

मैं फिर सोचता हूं, खाने के साथ मेरा क्या झगड़ा?

"अच्छ, लाओ खाना।"

विद्या खाना परोसती है। मैं जल्दी-जल्दी ग्रास मुंह में डालता हूं जो ऊपर से नीचे जाने के बजाय नीचे से ऊपर जाने लगते हैं। मालूम होता है, मैं खाना नहीं खा रहा, खाना मुझे खा रहा है। या कोई नेवली कर्म करने बैठा हूं। खाना खाते हुए हमदर्दी, महज़ हमदर्दी हासिल करने के लिए विद्या के सामने अपनी आज की मुसीबत दोहराता हूं। वह बेचारी भोली-भाली नहीं समझती कि उसके मुंह से निकला हमदर्दी का एक भी शब्द मुझे कितना दुःख पहुंचाएगा। मेरे बयान के आखिर में वह कह उठती है :

"पटकी पड़े इन निगोड़ों पर—आज दफ्तर मत जाओ।"

"क्यों?"

"खामखाह क्यों तमाशा बनना?"

इसपर मैं एकाएकी भड़क उठता हूं—क्या मतलब? मेरी शक्ल—मैं इसे भी तमाशा दिखाई दे रहा हूं? कम से कम इसे तो यह नहीं कहना चाहिए था। मैं दफ्तर नहीं जा सकता तो घर भी नहीं आ सकता? और मैं विद्या को गालियां देने लगता हूं जो दरअसल मुझे संगम के नाइयों को देनी चाहिए थीं या अपने-आपको। विद्या अंदर चली जाती है और मैं समझता हूं, मुझसे डर गई, लेकिन वह बाहर आती है तो हाथ में एक कटोरी लाती है, जिसमें गर्म पानी है। दूसरे हाथ में शेविंग स्टिक और उस्तरा, सेफ्टी नहीं, वही लोकपति वाला।

मैं सोचता हूं, चलो उस्तरा कुंद है तो क्या! ज़रा ज़ोर से लगाऊंगा तो सब ठीक हो जाएगा। फिर बजाय इसके कि लोग मुझपर हंसें, मैं उनपर हंसूंगा। इसलिए जल्दी-जल्दी चेहरे पर झाग पैदा करके मैं उस्तरा फेरना शुरू करता हूं। लेकिन साहब, उस्तरा है कि कहीं भी टिकने के बजाय ऊपर से फिसलता हुआ यों ठुड्डी पर आ जाता है, जैसे पार्क में स्लीपिंग रोस्ट्रम से बच्चे एकदम फिसलते हुए नीचे आ रहते हैं। मैं झल्लाकर पानी की कटोरी नीचे पटक देता हूं, उस्तरा दूर फेंक देता हूं।

"क्या बकवास है!" मैं हुंकारता हूं, "यह उस्तरा लेके दिया था ... तेरे मायके वालों ने!"

"हाय जी!" विद्या कहती है, "उन्होंने तो ठीक ही लेकर दिया था, तुम ही ने सिल्ली गुम कर दी।"

"किसने सिल्ली गुम कर दी?"

"तुमने। रोज़ निकाल बैठते थे।"

"झूठ! मालूम होता है, तुम इससे अरबी छीलती रही हो।"

विद्या लज्जित-सी उस्तरा उठा लेती है। मैं पलटकर उसकी ओर देखता हूं तो साफ नज़र आता है कि वह दुपट्टे के पीछे अपनी हंसी को छिपाने की कोशिश कर रही है और जब मैं उसे शुद्ध अंग्रेज़ी स्वर में 'शट-अप' कहता हूं तो मालूम होता है, गलती से 'वक-अप' कह दिया। एक कहकहा पूरी फ़िज़ा को भर देता है और विद्या उस्तरे को हाथ में पकड़े हुए मुझे दिखाती है, "हजामत हो भी कैसे, उलटे ही उस्तरे से अपने को मूंडते रहे।"

मैं देखता हूं, जल्दी के आलम में सचमुच अपने मुंह पर उलटा उस्तरा फेरता रहा था।

विद्या कहती है, "खाहमखाह मेरे मायके वालों का नाम बद्दू किया।"

"अच्छा, अच्छा।" मैं खिन्नता में भरकर कहता हूं और फिर अपनी पूरी सभ्यता, अपने पूरे कर्म-धर्म, अपनी मान्यताओं पर लानत भेजने लगता हूं। विद्या बोल उठती है, "खबरदार! इसमें संगम का क्या कसूर? गंगा मैया का क्या दोष? मैं तो कहती हूं, मैं मरूं तो मुझे जलाना मत, गंगा में मेरा जल-प्रवाह कर देना।"

और मैं यही सोचते हुए चल देता हूं। गंगा में जल-प्रवाह?

कैसी मान-मर्यादा है यह? कैसा पागलपन है हमारी पूरी कौम का? और मुझे याद है वह दिन जब मैं द्रौपदी घाट की ओर गंगा में नहाने निकल गया था। सर्दी और गर्मी के बीच के दिन थे। जब बाढ़ आई हुई थी और नदी मनों ही बालू छोड़कर खुद किनारों से बहुत दूर चली गई थी। मुझे नदियों और चश्मों का बहुत शौक है। बावले कुत्ते का काटा हुआ जितना पानी को देखकर डरता है, उतना ही मैं पानी के दृश्य से खुश होता हूं। पहले किनारे के पास की चिकनी मिट्टी पेट पर मलता हूं, जिससे शरीर की बीमारियां तो क्या दिल और दिमाग की उलझनें जाती रहती हैं। फिर अडोल्फ जुस्ट का स्टिज़-बाथ लेता हूं, जिसमें अपने शरीर के निहायत शर्मनाक हिस्से को पानी में डुबोकर एक हाथ से पानी पेट पर डालता हूं और दूसरे हाथ से पेट को खूब ही ज़ोर से मलता हूं। अंदर आंतें हरकत में आ जाती हैं, मरे हुए टिशू भी ज़िंदा हो जाते हैं। फिर किनारे पर खड़े होकर तौलिये के बजाय हाथ से पूरा शरीर रगड़ता हूं। रोम-रोम जाग उठता है और बदन स्कूल की लड़की के बदन की तरह नर्म और चिकना हो जाता है। चूंकि नंगा होता हूं और सबकी तरफ देखता हूं, इसलिए मेरी तरफ कोई नहीं देखता। बंदर भी घबराकर भाग जाते हैं। शायद समझते हैं कि हमसे बड़ा कोई आ गया। अतएव उस दिन बाथ लेने के लिए गया तो क्या देखता हूं एक इंसानी खोपड़ी पड़ी है, जिसके साथ रीढ़ की हड्डी लगी है। ज़रूर किसी विद्या की वहन या उसके भाई का जलप्रवाह हुआ होगा। मझे इसका इतना अचरज नहीं लगा जितना इस बात का कि हाय! हम हिन्दुस्तानियों के भी रीढ़ की हड्डी होती है! —यह नहीं हो सकता। किसी और कौम का कोई आकर यहां डूब मरा है—मगर ऐसा हो तो दुनिया-जहान में कुहराम मच जाए और वहां के लोग रिंग लगाकर पूरी बालू को छान मारें और अपना मुर्दा भी यहां से निकालकर ले जाएं।

इस खोपड़ी से कुछ परे होकर किनारे पर कपड़े रखते हुए मैं पानी में उतरा तो क्या देखता हूं कि पास ही उज्ज्वल और पावन जल में सचमुच एक मुर्दा पड़ा है। मैं उछलकर बाहर आ गया और घिन और भय से कांपता हुआ उसकी ओर देखने लगा, जिसका जल-प्रवाह हुआ था और अब उसे जल की परवाह न थी—उसके

शरीर का मांस मछलियां खा चुकी थीं। अगर मैं भूलता नहीं तो मुर्दे के नुचे हुए चेहरे पर एक तरफ दाढ़ी थी और दूसरी तरफ सफाचट था। आज के तजुर्बे से मैं इस बात का अंदाज़ा करता हूं कि मरने से पहले वह ज़रूर संगम पर गया होगा और वहां के किसी लोकपति, चंद्रभान या कौशिक से हजामत बनवाई होगी। खैर, मैं अपने कपड़े पकड़कर नदी के ऊपर की तरफ हो लिया ताकि उस गाज़ी मर्द के घिनौने शरीर से लगा हुआ पानी मुझ तक न आए। एक बार फिर कपड़े रखकर नदी में उतरा ही था कि पानी में से दो टांगें बाहर उठती हुई दिखाई दीं। मैं भाग आया, और जब से मैंने द्रौपदी घाट तो क्या किसी सीता या सावित्री घाट पर भी नहाने का इरादा नहीं किया—और यह विद्या, मेरी बीवी, एक अजीब तरह के पागलपन में अपना जल-प्रवाह करने को कह रही है···ना बाबा! मैं नहीं चाहता कि मरने के बाद भी किसीकी टांगें यों पानी से बाहर उठी हों।

बाज़ार जाता हूं तो वहां एक मुसलमंटे से मेरी लड़ाई होने लगती है। एक पल में यों नज़र आने लगता है जैसे शहर-भर में हिन्दू-मुस्लिम फिसाद होकर रहेंगे, कुश्तों के पुश्ते लग जाएंगे। यह बात नहीं कि वह मेरी तरफ देखकर हंस दिया। उसने कोई ऐसी बात नहीं की। अलबत्ता वह एक शे'र गुनगुना रहा था :

यह अजब पर्दा है कि चिलमन से लगे बैठे हैं,
साफ छिपते भी नहीं, सामने आते भी नहीं।

उसने सिर्फ एक बार मेरी तरफ देखा था और मैंने समझा वह शे'र मुझपर चिपका रहा है, मेरी आधी मुंडी हुई दाढ़ी का मज़ाक उड़ा रहा है। मगर जब कोई मुसलमान अल्लाह रसूल की कसमें खाता है, तब तो मानना ही पड़ता है। यह तय बात है कि वह योंही अपने अलबेलेपन में शे'र पढ़ रहा होगा और मैं अपनी काम्प्लैक्स का शिकार उसे गलत समझ गया हूंगा।

मैं दफ्तर पहुंचता हूं—लेट। और चुपके से अपनी सीट में जा दुबकता हूं। यों काम में लग जाता हूं जैसे सुबह ही से मरने की फुरसत नहीं और करीब दो घंटे से इसी तरह जान खपा रहा हूं। क्लर्क मेरी तरफ देखते हैं, खुलकर हंसते हैं और बार-बार मेरे पास अफसोस करने आते हैं। इस अरसे में मेरा सेक्शन इंचार्ज

सिर्फ एक बार मेरे पास आता है। मैं बहुत कुछ अपना चेहरा उससे छिपाने की कोशिश करता हूं, लेकिन तभी लाग-बुक के गुम हो जाने से जो हंगामा वर्पा होता है, उसके कारण अपने-आपको भूल-कर मुझे उसकी तरफ देखना ही पड़ता है। वह मेरी तरफ देखते ही कह उठता है, "आज तुम संगम पर गए थे?"

"जी, सर!' मैं जवाब देता हूं और मेरा हाथ अपने-आप चेहरे की तरफ उठ जाता है। मैं डरता हूं, कांपता हूं कि न मालूम अब वह मुझे क्या कहेगा! लेकिन साहब, वह एक ऐसी बात करता है कि मैं सोचता रह जाता हूं कि इस बात से मेरी दाढ़ी का क्या ताल्लुक है?

वह कहता है, "कोई बात नहीं···लाग-बुक कल मिल जाएगी।" फिर वह चला जाता है।

मुझे कुछ समझ नहीं आता। चेहरा कानों तक तमतमा उठता है और उसके अनमुंडे हिस्से पर एकाएकी एक अजीब-सी खारिश होने लगती है। मैं जितना उसे खुजाता हूं उतना ही ऊपर से नीचे तक मेरी खारिश बढ़ती जाती है।

मैं काम के बीच से उठकर अपना जी लगाने के लिए बाहर चला जाता हूं। कुछ टूरिस्ट आते हैं जो मेरी तरफ बिलकुल नहीं देखते। बाहर के लोगों का यही होता है ना। हम हिन्दुस्तानियों की तरह दूसरों के प्राइवेट मामलों में टांग नहीं अड़ाते। उनमें से एक बेंच पर मेरे पास आ बैठता है और अपना एयर-बैग निकाल-कर एक तरफ रख देता है। फिर वह बज़ाहिर एक उचटती हुई नज़र मुझपर डालते हुए अपना बैग पकड़कर उसमें से आईना निकालते हुए अपना मुंह देखने लगता है।

मेरी समझ में कुछ आता है, कुछ नहीं आता। अगर सवेरे बाज़ार में मुसलमंटे से मेरी लड़ाई न होती तो शायद मैं इस गोरे क्रिस्टान से भी भिड जाता। शायद मैं इसलिए चुप रहा कि इन गोरों का हमपर अव तक बहुत रोब है। यह भी हो सकता है, उसके आईना देखने का मेरी दाढ़ी से कोई ताल्लुक न हो। मैं इस कनफ्यूज़्ड हालत में उसकी तरफ देखकर अपनी टूटी-फूटी अंग्रेज़ी में उससे बातें करने लगता हूं।

"मैं आपका नाम जान सकता हूं?"

"ज़रूर···ज़रूर।" वह कहता है, "मेरा नाम रिचर्ड कैनेडीहै।"

और फिर मेरे पूछे बिना वह कहे जाता है, "मैं अमरीका से आया हूं। बारबर वेल के शहर से।"

मैं अपने को हालात के धारे पर छोड़ देता हूं। साला आया भी है बारबर बेल से! या शायद मेरी दाढ़ी की तरफ देखकर उसने किसी कल्पित नगर का नाम ले दिया। बहरहाल मैं फिर पूछता हूं, "इस वक्त आप कहां से आए हैं?"

"बनारस से। मैं सारनाथ में बुद्ध का स्तूप देखने गया था।" और फिर वह अपना बयान जारी रखते हुए कहता है, "वहीं से गाड़ी में आया हूं और अब जहाज़ का इंतज़ार कर रहा हूं।"

"स्तूप अच्छा लगा आपको?"

"बहुत।" वह मेरी तरफ देखते हुए कहता है, लेकिन मालूम होता है, इंडिया में लोग प्राचीन-ऐतिहासिक वस्तुओं को ठीक से संभालकर नहीं रखते। देखो न, उसके एक तरफ खुश्क घास-सी उगी है।"

इससे पहले कि मैं इस बात पर रिएक्ट करूं, लाउडस्पीकर पर से आवाज़ आती है—यूअर अटेंशन प्लीज़—फ्लाइट ट्वू ओ थिरी के पैसेजर···"

रिचर्ड अपना बैग लिए उठता है। वह वाक्य अभी तक मेरे कानों में गूंज रहा है, जो मुझसे रुखसत होते, हाथ मिलाते, मुस्कराते हुए उसने कहा :

"मैं बेकार ही सारनाथ गया, स्तूप देखने के लिए।"

दफ्तर में जैसे-तैसे ही दिन कटता है। मैं वक्त से पहले ही उठ-कर चल देता हूं। यह सोचते हुए कि चाहे मेरी पूरी जायदाद लग जाए, सेलून में जाकर हजामत बनवाऊंगा, फिर कोई दुनिया का और काम करूंगा। तभी मैं अपने-आपको यूनिवर्सिटी हेयर-कटिंग सेलून के सामने पाता हूं, जो ग्रांड ट्रंक रोड पर होने के बजाय खुल्द आबाद के एक कोने में है। सामने इस नाम का बोर्ड लगा है और उसके नीचे लिखा है : प्रोपराइटर—नासिर हुसैन।

अंदर दाखिल होते ही मैं एक ऐसी कुर्सी पर जा बैठता हूं, जिसमें मुझे मां की गोद-सी राहत नसीब होती है।

नासिर हुसैन मेरे पास आता है। इससे पहले कि वह अपने हाथ

का टावल मेरे गले में बांध दे, वह मुझसे पूछता है, "आप शैया हैं या सुन्नी ?"

"जी ?" मैं हैरान होता हूं।

"मैं पूछता हूं, आप शैया मुसल-हैं या सुन्नी ?"

"क्यों भाई," मैं कहता हूं, "हजामत का शैया-सुन्नी से क्या ताल्लुक ?"

"माफ कीजिए, मैं···मैं सुन्नियों की हजामत नहीं बनाता।"

"आप शैया हैं ?"

"हां।"

"तब तो आपको उलटा सुन्नियों की खूब ही हजामत बनानी चाहिए। वैसे मैं हिन्दू शैया हूं—विधानचंद्र मेरा नाम है।"

"ओ !" नासिर हुसैन कहता है, "फिर ठीक है। मुझे सिर्फ सुन्नियों से नफरत है। उनसे तो हिन्दू ही लाख दर्जे अच्छे हैं।"

फिर वह तौलिया मेरे गले में डाल देता है और सुनता ही नहीं कि मुझे हजामत बनवाना है, बाल नहीं कटवाना। आखिर उसे पता चल जाता है और वह शेविंग-ब्रश लेकर मेरी तरफ बढ़ता है। तभी मेरे चेहरे की तरफ देखकर वह एकदम रुक जाता है।···फिर गौर से देखता है और शेविंग-स्टिक को एक तरफ रख देता है और कहता है, "आप उठ जाइए।"

"क्या मतलब ?" मैं हजामत को करीब आकर दूर हटते हुए देखता हूं और कहता हूं, "कहा ना, मैं सुन्नी नहीं।"

"सुन्नी-वुन्नी की बात नहीं।"

"बात यह है—तो फिर क्या बात है ?"

मैं, जो खुशी के उस गुब्बारे पर सवार था जो लखनऊ में पहली बार किसी अंग्रेज़ ने उड़ाया था, उसके पंक्चर हो जाने से एकदम भूवूवूवू—की आवाज़ से नीचे आ रहता हूं। नासिर हुसैन कहता है, "किसी और ने आपकी शेव की थी ?"

"हां।" मैं कहता हूं,"लोकपति ने, संगम पर—ग्रेट आदमी है।"

"कुछ भी हो," नासिर हुसैन निर्णयात्मक स्वर में कहता है, "कितना भी ग्रेट हो, लेकिन बात यह है—किसीके भी चेहरे पर, कोई-सा भी हज्जाम एक बार कैसा भी खत लगा दे, कोई दूसरा हज्जाम उसे टच नहीं कर सकता—यह हमारी यूनियन का कानून

है।"

"आपकी यूनियन की ऐसी-तैसी!" मैं एकदम आगबबूला होकर कहता हूं, "एक तरफ हमारे हाकिम हैं, दूसरी तरफ कामगार, मज़दूर और उनकी यूनियन···हम बीच में लटक रहे हैं। क्या आपने किसी बुज़ुर्ग से नहीं सुना—मरो और मरने दो? हम जाएं तो कहां जाएं?"

"बाहर।" नासिर कहता है।

मैं एकदम सब कुछ भूलकर पहले बाहर की तरफ देखता हूं और फिर इस बात के मायनी समझता हूं। मुझे उम्मीद ही न थी कि यूनिवर्सिटी हेयर-कटिंग सेलून को नासिर हुसैन आज़ादी के बाद मेरे साथ ऐसा सलूक करेगा। होश में आते हुए नासिर हुसैन से कहता हूं, "मैं तुम्हारी यूनियन के खिलाफ स्ट्राइक करा दूंगा। भूख-हड़ताल कर दूंगा··· मैं··· मैं पंडितजी तक पहुंचूंगा, जो यहां के रहने वाले हैं, अपने वतनी हैं। इलाहाबाद में एक बार आने दीजिए उन्हें। मैं उन्हें कहूंगा, 'पंडितजी! यह सब क्या हो रहा है? अभी तक, इस उम्र में अपने देश का मामला ठीक न किया तो बड़े होकर क्या करेंगे?' "

और जब कुछ समझ में नहीं आता तो मैं नासिर हुसैन के हज़ूर में गिड़गिड़ाने लगता हूं, "नासिरजी! आप मुझसे सौ रुपये··दस, बीस रुपये ले लीजिए; लेकिन भगवान—नहीं-नहीं, अल्लाह के लिए एक बार मेरी हजामत बना दीजिए। नहीं मैं दुनिया-जहान में कहीं मुंह दिखाने काबिल न रहूंगा··सब मुझ-पर हंस रहे हैं··एक मैं रो रहा हूं।"

बजाय इसके कि नासिर हुसैन मेरी हालत पर रहम खाए, वह कहता है, "रात हो गई। इस वक्त कौन मुंह देखता है?"

बेकार है, सब कुछ बेकार है। अतएव मैं कोई कल्पित छड़ी उठाकर कल्पित हवा में उसे घुमाता हूं, किसी कल्पित घर की ओर चल देता हूं···

रात-भर विद्या, मेरी बीवी, मेरे पास नहीं आती। मुझे यों मालूम होता है जैसे मैं कोई कबूतर हूं, जिसे किसीने लाल रंग लगा दिया या चिड़ा हूं, जिसके गले में किसीने फुंदना बांध दिया—और अब मेरे ही प्रियजन मुझे अपने घर में घुसने नहीं देते, चोंचे

मार-मारकर लहूलुहान कर रहे हैं, काट-काटकर भगा देने की कोशिश में हैं।

तड़के ही उठकर मैं संगम की तरफ चल देता हूं और लोकपति के पास पहुंचकर हाथ जोड़ देता हूं, "हे लोकपति! ···भगवान के लिए मेरी हजामत बनाओ। तुमने कल से मुझे इस हालत में लटका रखा है। न जीता हूं, न मरता हूं···हालांकि मैंने तुम्हें पूरा टैक्स दिया है।"

लोकपति, जिसने किसीके चेहरे पर कुछ खत लगा रखे थे, उसे छोड़ देता है और कहता है, "आप ज़रा ठहरिए, श्रीमान···"

"नहीं, यह कैसे हो सकता है!" वह आदमी प्रतिवाद करता है, "मुझे दुकान पर जाना है।"

"सझोंको जाना है, बबुआ!" लोकपति कहता है, "सभोंको जाना है।··· कल इनकी हजामत बीच ही में रह गई थी।"

"यह जाएं भाड़ में, और तुम जाओ जहन्नुम में," वह आदमी मुंह पर झाग लाते हुए कहता है, "इनकी तो कल की हजामत रह गई, मैं पिछले इतवार से अधमुंडा बैठा हूं।"

मालूम होता है, इस आदमी की सहनशक्ति आखिरी हद तक पहुंच गई है और वह लोकपति को मारेगा। लेकिन लोकपति की एक ही कड़ी नज़र और हाथ में उस्तरा देखकर वह कहता है, "अच्छा, मत भूलियो, इनके बाद मेरी बारी है।"

और मैं इत्मीनान से लोकपति के हाथ में अपना गला दे देता हूं और सोचता हूं, कुछ भी हो, लोकपति आदमी बुरा नहीं, मामले का बहुत खरा है।

थोड़ी ही देर में चेहरे का वह हिस्सा साफ हो जाता है, जो कल अनकटा रह गया था। मैं उसपर हाथ फेरता हूं। क्या जर-नैली सड़क, बल्कि आटो वाहन की सड़क की तरह साफ है, जिस-पर कोई सौ मील की रफ्तार से गाड़ी चला सकता है। तभी लोक-पति मुझसे कहता है, "अब आप उठ जाइए।"

"क्या मतलब?" मैं आखिरी बार हैरान होकर पूछता हूं।

"जो अनकटा रह गया था वह मैंने काट दिया।"

"मगर," मैं चेहरे के दूसरे हिस्से पर हाथ फेरते हुए कहता हूं, "रात में इधर भी तो बाल उग आए हैं···!"

"कट जाएंगे बबुआ···वे भी कट जाएंगे।" लोकपति सिल्ली पर उस्तरा तेज़ करते हुए कहता है, "बारी से सब ठीक हो जाएगा।"

और मैं डायक पर खड़ा अपनी बारी का इंतज़ार करने लगता हूं; जो आएगी, पर नहीं आएगी। कौशिक बुलंद आवाज़ से अपनी विजय पर हंस रहा है। चंद्रभान न मालूम किसको देखकर एक्ट्रेस जमना का वह शे'र पढ़ने लगता है जो उसने फिल्म 'देवदास' में बोला था :

कोई मेरे दिल से पूछे तेरे तीरे-नीमकश को,
यह खलश कहां से होती जो जिगर के पार होता।

सामने नदी में औरतें नहा रही हैं। एक रमणी ने हर किस्म की शर्मो-हया से मुक्त होकर सब कपड़े उतार दिए और ज़ोर से उन्हें दूर, किनारे की ओर फेंक दिया और पूरे पर तोलकर पानी में कूद गई, जितने ज़ोर से पानी उसे लिपटने को आया। इस सुंदर डाइविंग के बाद अभी वह सतह पर नहीं आई है। मालूम होता है, नीचे सरस्वती की थाह पाने की कोशिश कर रही है।

यात्री लोग न मालूम क्यों एकाएकी चौकस हो गए और अब पंडों के फूल नहीं बिकते। वे टोकरियां हाथ में लिए सबकी ओर बिटर-बिटर देख रहे हैं।

किला, जिसे सम्राट अकबर ने बनवाया था, एक मिनीएचर हो गया, जो समय के संग्रहालय में पड़ा है। मंदिर ज़मीन में धंस चुके हैं और बंदर शायद ऊपर चांद, शुक्र और मंगल पर कूद गए, जो अब हमारी धरती के पास हो चुके हैं···एक फकीर, जो शक्ल से पहुंचा हुआ मालूम होता है, शाप देता है, जो मुझे वरदान जान पड़ता है, "जा बच्चा! सेफ्टी के सिवा तेरी कोई दारू नहीं।"

और मैं खुशी-खुशी घर लौट आता हूं।

हाथ हमारे कलम हुए
(स्वीकृतियां)

पादरी रोज़ारियों ने गुनहगार जाहन से कहा, "तुम तो पाप-स्वीकृति के लिए मेरे पास आए थे, मगर तुमने डींगें मारना शुरू कर दीं···"

मुझे इस बात का अंदाज़ा न था कि अपने पाठकों के सामने एक दिन मुझे पापी के रूप में खड़ा होना पड़ेगा और अपने वे पाप स्वीकार करने पड़ेंगे, जोकि मैंने नहीं किए, या अगर किए हैं तो इसलिए कि मुझे कला की सनद हासिल है जो एक तरह से राष्ट्र-पति की वह माफी है, जो संगीन से संगीन कत्ल में भी सरकारी गवाह को मयस्सर होती है।

फादर रोज़ारियो! मैं एक सीधा-सादा, मेहनतकश और कानूनपरस्त शहरी था। अपने पाठकों से प्यार, उनसे रार करता था, उन्हें चूमता-चाटता था, हालांकि उनमें औरतें भी थीं। सबको सिर-आंखों पर बिठाता था और उनको कहीं पीरे-तस्मा-पा की तरह से अपने ऊपर सवार होते देखता तो झटक भी देता। मैं एक तरह का जिमनेज़ था, जो अपना हर दुःख-सुख अपने प्लाटीरो को बताता है, जो एक बड़ा प्यारा और मासूम-सा गधा है और जिमनेज़ की बदौलत अब तक क्लासिकी हैसियत अख्तियार कर चुका है। आप इस गधे को नहीं जानते, लेकिन मैं जानता हूं, क्योंकि अपनी सेवाओं के बदले वह जिमनेज़ को नोबल पुरस्कार भी दिलवा चुका है।

गधे के ज़िक्र का बुरा मत मानिए, फादर रोज़ारियो! आप तो जानते हैं, पश्चिम में गधे को इतना बुरा जानवर नहीं समझा जाता जितना कि हम उसे अपने यहां समझते हैं। फिर आप तो

गोआ के रहने वाले हैं और अब हिन्दुस्तानी हो गए हैं। आप ही बताइए, गधे की मूर्खता एक बनावटी बात नहीं, जो हम और आप ही ने मिलकर बनाई है? गधे में कुछ खूबियां भी होती हैं। सबसे बड़ी खूबी तो यह है कि वह बोझा ढोता है, डंडा खाने पर फकत रफ्तार को तेज़ कर देता है, मगर शिकायत का हर्फ तक ज़बान पर नहीं लाता, जो एक सफल जीवन का रहस्य है और जिसका उपदेश हमारे धार्मिक गुरु कब से करते आए हैं और हमारे नेता अब तक करते हैं। आपका खयाल है, फादर रोज़ारियो! क्या मेरी बोझिल तहरीर पढ़कर मेरे पाठक मुझे मारने दौड़ते हैं? बिलकुल नहीं। ऐसा होता तो मैं रोज़ सुबह उनको माटुंगा में पान वाले की दुकान और दिन में किसी फिल्म स्टूडियो में मिल जाता और शाम को कहीं अस्पताल में अपनी पसलियां गिनता। वे ऐसा नहीं करते, क्योंकि वे मुझे समझ गए हैं और मैं उनका भेद पा गया हूं। किस्सा मुख्तसर—उन्हें मुझे और मुझे उन्हें बेवकूफ समझने की पूरी आज़ादी थी। जो अब इन हालात में नहीं है जबकि मैं—जाहन, स्वीकृति-पाप—माफ कीजिए—पाप-स्वीकृति के लिए आपके सामने खड़ा हूं और मेरी टांगें कांप रही हैं और सिर जैसे गोफिये में पड़ा है। अगर मैं निर्भीक भाव से पाप स्वीकार करता हूं तो आपको वह मेरी डींग मालूम होने लगती है और अगर दबी ज़ुबान से मानता हूं तो हकीकत मोनालिज़ा की अस्पष्ट-सी मुस्कान होकर रह जाती है। अजीब मुसीबत है ना!

फादर रोज़ारियो! पाप-स्वीकृति की समस्या मेरे नज़दीक बहुत गम्भीर है। मैं एक ईमानदार आदमी हूं, इसलिए जो कहूंगा, सच कहूंगा। चाहे खुदा हाज़िर-नाज़िर (सर्वव्यापक-सर्वदर्शी) हो या न हो, मेरा हाथ मुकद्दस किताब पर हो या न हो। इसका यह मतलब हरगिज़ न लीजिए कि मैं खुदा को नहीं मानता या किसी मुकद्दस किताब पर ईमान नहीं लाता। खुदा पर ईमान न लाना तो अपने-आपपर ईमान न लाने के बराबर है, फादर, क्योंकि हमारा अपना-'आप' ही खुदा है और किताब भी मेरी ही तरह के एक इंसान ने अपने उत्कृष्ट क्षणों में लिखी है। मैं ऐसा ही नास्तिक होता तो इस स्वीकृति के सिलसिले में आप, जो खुदा के प्रतिनिधि हैं, के पास ही क्यों आता? आप अधीर हो रहे हैं। यह तो डींग

नहीं है। बहरहाल मैं कहना यह चाहता हूं कि पाप पहले होता है और स्वीकृति बाद में। लेकिन मैं अपना क्या करूं? मैं उन गुनहगारों की श्रेणी में से हूं जो स्वीकार पहले करते हैं, और जब कोई उनकी स्वीकृति को महत्त्व न दे या उनकी ओर देखता न हो तो चुपके से एक ओर जाकर कहानी लिख मारते हैं।

पहले मैं अपनी कहानी के पात्रों और उसके ताने-बाने को अपने मित्रों पर आज़माता हूं, फादर रोज़ारियो! मगर साथ ही यह सफेद झूठ बोल देता हूं कि मैं इसे लिख भी चुका हूं। इस झूठ के दो लाभ हैं—एक तो यह कि कोई पाजी इसे चुरा नहीं पाता और दूसरे यह कि मुझे अपनी कहानी के प्रभाव का पता चल जाता है। अगर वे बहुत ही प्रभावित मालूम हों और बहुत ही सिर धुनें तो मैं इस कहानी को सिरे से लिखता ही नहीं। हां, ऐसी कहानी लिखने का लाभ ही क्या, फादर! जिसे छूटते ही हर नत्थू-खैरा समझ जाए! अगर उनके चेहरों पर नासमझी के चिह्न देखता हूं तो मुझे विश्वास हो जाता है कि मियां, अब बात बनी। तब मैं उसी वक्त लिखने बैठ जाता हूं। वह कहानी होती भी बेहद कामयाब है, क्योंकि वह मेरी अपनी समझ में भी नहीं आती, जो कि मेरे नज़दीक कला की चरम सीमा है। देखिए तो दुनिया-भर का आर्ट, क्या उपन्यास, क्या कविता और क्या चित्रकला—सब किधर जा रहे हैं? और हम अभी तक मतलब के चक्कर में पड़े हैं। मैं मतलब की परवाह ही नहीं करता, और अगर करता भी हूं तो बहुत बाद में। मैं लोगों को कहानी के बारे में ले-दे करने देता हूं। नासमझी के आरोप से डरते हुए वे आप ही इसमें अर्थ उत्पन्न करने में सफल हो जाते हैं। जब मैं बेअख्तियार उनकी दाद देता हूं और उनके साथ सहमत होकर कह उठता हूं—विलकुल, मेरा भी यही मतलब था। मगर अफसोस, प्रतिभा के इस वीरान रेगिस्तान में, मुल्क हिन्दुस्तान में समझने वाले कितने लोग हैं?...दरअसल कहानी हर एक के लिए लिखी भी नहीं जाती। यारो, मैं तो समझता हूं कि एक आदमी भी समझ गया तो मेरी मेहनत ठिकाने लगी... जियो...

क्या मैं फिर डींगें मार रहा हूं फादर?

हां, तो मैं कह रहा था कि मैं स्वीकार पहले करता हूं और

गुनाह बाद में। स्वीकृति पहले हो या पाप, लेकिन एक बात तय है कि स्वीकृति और पाप, दोनों अलग-अलग हैसियत रखते हैं और बेकार ही आपस में उलझते रहते हैं। मैं उन्हें अलहदा-अलहदा ले जाकर समझाने की कोशिश करता हूं, लेकिन दोनों बराबर अपनी हठ पर कायम रहते हैं। इस सिलसिले में मुझे अपनी ही एक कहानी याद आती है, जिसमें एक आदमी किसी मर्द-औरत के झगड़े में पड़ गया। क्या मर्द और औरत के झगड़ों का कोई हल है, फादर रोज़ारियो? कभी हुआ है या होगा? एक मारने वाला और दूसरा मार खाने वाला। एक कष्ट देने वाला और दूसरा कष्ट सहने वाला। और दोनों इसी तरह खुश रहते हैं। हम बीच में मामू होते हैं? अलबता मर्द और औरत कभी-कभी एक-दूसरे के साथ अपना रोल बदल भी लेते हैं, क्योंकि हर मर्द में एक औरत छिपी होती है और हर औरत में, कई मर्द। कम से कम भर्तृहरि तो अपने श्रृंगार-शतक में कुछ ऐसा ही लिखते हैं। बहरहाल उनकी फज़ीहत के बारे में सारी सृष्टि के आरम्भ से कहानियां लिखी जा रही हैं और प्रलय तक लिखी जाएंगी, जिनमें गाली-गलौज, मार-पीट, कष्ट देना एक गौण और स्थानीय हैसियत रखेंगे और हम सभ्यता का ढिंढोरा पीटने वाले उसके खिलाफ आवाज़ उठाते रहेंगे। मैं पूछता हूं, क्या आपकी सारी शक्ति और ब्रह्मचर्य के दर्शन में हम उसी बात को स्वीकार नहीं करते, जिसके निषेध में हम अपने शरीर के पिछवाड़े को बर्फ के पानी में डुबोते, पेड़ों पर उलटा लटकते और कष्ट देने वाले उपवास करते हैं? बोकाशियो की दास्तानों में कितने मर्दों और कितनी औरतों ने पाप स्वीकार किए और फिर अपनी पहली-सी फुरसत में पाप की ओर लौट आए, क्योंकि वह सांप की खाल की तरह डरावना है और खूबसूरत भी। दरम्यान में कोई ऐबट और फ्रायटर, जो खुद को खुदा और कलीसा का प्रतिनिधि कहता था, मूर्ख बन गया। क्या वक्त नहीं आया, फादर कि फ्रायटर, मुल्ला और काज़ी, पंडित और पुजारी लोग मूर्ख बनना छोड़ दें? मेरी बात छोड़िए। मैं इस समय सच्चे मन से स्वीकार कर रहा हूं; और बहुत-से लोगों की तरह कनफैशन के कान काटकर उसे फैशन के तौर पर इस्तेमाल नहीं कर रहा। हां, बाद में क्या होता है, यह नहीं कह सकता। यह सिवाय इस सुंदर

कल्पना के, जो हमारा खुदा है और कौन जान सकता है? ···तो मैं कह रहा था कि मेरी कहानी में वह आदमी मर्द और औरत के झगड़े में पड़ गया। जिस प्रकार मैं स्वीकृति और पाप को अलग-अलग और विशिष्ट हैसियत देता हूं, उसी प्रकार उसने दोनों को अलग-अलग समझाने की कोशिश की। पहले वह मर्द को एक तरफ ले गया और बड़ी जोखिम के साथ उसे समझाया-बुझाया और उसके प्रचंड क्रोध को शांत किया। फिर वह औरत को अलग एक तरफ ले गया; मगर आज तक वापस नहीं आया···हैं, फादर रोज़ारियो!

मेरे लिखने-लिखाने की शुरुआत चोरी से हुई। फादर रोज़ारियो! आप घबराइए नहीं, मेरी बात ज़रा धीरज से सुनिए। मैं कहीं भी इस चोरी के सिलसिले में अपने-आपको निरपराध नहीं कहूंगा। आपकी तनी हुई भवें और चेहरे के प्रश्न-चिह्न मुझे परेशान कर रहे हैं। इसलिए बाद की बात पहले ही क्यों न कह दूं ताकि आपको अपने अस्तित्व से भी तसल्ली रहे। मैंने चोरी की और फिर खुद ही अपने मुंह पर दो-तीन चपते भी मारीं, क्योंकि इस काम के लिए और कोई पास नहीं था, जैसा कि हर कामयाब चोरी में वह नहीं होता। न मालूम कहां चला जाता है! एक तरह से अच्छा ही हुआ, क्योंकि कई लोगों में सब्र नहीं होता। इधर चोरी होती है, उधर वे चिल्लाना, शोर मचाना शुरू कर देते हैं। पहले वे भागते हैं और जब दूसरे मदद के लिए आ जाएं तो फिर करीब आ जाते हैं और पकड़ लेते हैं। आप चाहे कितनी भी माफी मांगें, मगर वे नहीं छोड़ते। उनकी प्रकृति में कितनी क्रूरता, कितना अन्याय है कि चोरी भी आपको करनी पड़े और माफी भी आप ही मांगें।

किस्सा यों हुआ, फादर कि हमारे कालेज के एक प्रोफेसर अकोला में कहीं सब-जज हो गए। कामयाबी का दरवाज़ा उनपर किसी पागल के कहकहे की तरह खुल गया। अब उनकी समझ में न आ रहा था कि क्या करें। अतएव हम लड़कों को, जो बिखरे हुए थे, इकट्ठा किया और एक लेक्चर देना शुरू कर दिया। आज तक मेरी समझ में नहीं आया, फादर रोज़ारियो कि कामयाबी के दरवाज़े पर खड़ा आदमी अंदर क्यों नहीं जाता? बाहर ही लैक्चर देना क्यों शुरू कर देता है? शायद इसलिए कि उसे अंदर जाते ही कामयाबी के आधार का पता चल जाता है। फिर दूसरे लैक्चर देते हैं और

वह गरीब कान बंद करने की कोशिश में मुंह खोलकर सुनता है। अतएव प्रोफेसर साहब ने कहा, "इस दुनिया में मामूली किस्म के लोगों के लिए कोई जगह नहीं। तुम चाहे चोर बनो, लेकिन इस पाये के चोर कि दुनिया-भर में कोई दूसरा बराबरी न कर सके···"

अब इस उम्र में हमें क्या मालूम, फादर रोज़ारियो! हमारे नज़दीक तो चोर का एक शब्द था, जो सारे ब्रह्मांड में घूमकर फिर हमारे कानों में चला आता था। एक बच्चा क्या जान पाए कि प्रोफेसर की भाषा में वह एक पारिभाषिक शब्द था, जिसका अर्थ प्रधानमंत्री हो सकता है, इंजीनियर हो सकता है, डाक्टर हो सकता है। हम इस नई शिक्षा को प्रोफेसर साहब ही से शुरू करते, लेकिन वह तीन डाउन कलकत्ता से जा चुके थे। हमें 'खास' बनने का सबक देते ही खुद हमेशा के लिए आम हो गए। फिर हम नौसिखियों के सामने कोई ऐसा जीवित उदाहरण भी तो न था। हिन्दुस्तान के भूपत और अमरीका के अलकपून, जिनकी ज़माने-भर ने इज्ज़त की है, दुनिया में बहुत लेट आए थे।

नौजवान होने के कारण मुझमें बला का जोश था, फादर! जो किसी धैर्य के साथ समझौता नहीं करता। मैं तो रातों-रात कमाल करना और अपना घोड़ा वहां ऊपर आकाश-गंगा पर दौड़ाना चाहता था, लेकिन मेरे पास बाग के पैसे थे न रकाब के दाम। शायद इसीलिए मैंने उसे पवैया ही चलने दिया। मैंने छुटते ही चोरी नहीं की, फादर रोज़ारियो! मैं जानता था न कि कैद हो जाना बुरा-सा लगता है। प्रोफेसर साहब से कहीं पहले मुझे मां-बाप लम्बे-चौड़े लैक्चर दे चुके थे, और पीट भी चुके थे, लेकिन प्रोफेसर अधिक पढ़ा-लिखा आदमी था, इसलिए उसकी बात दिल को लगती थी। अतएव दुनिया के हर चोर की तरह, सरसरी तौर पर अपनी अंतरात्मा को तसल्ली देने के लिए पहले मैंने शराफत के साथ गुर इस्तेमाल किए। मेरी आवाज़ अच्छी थी, इसलिए मैं संगीत सीखने के लिए लाहौर के गांधर्व महाविद्यालय की सबसे आखिरी बटालियन में भर्ती हो गया। लेकिन मेरी भावना थी कि सात स्वरों की कैद में न आती थी और आठवें की इजाज़त न थी। मेरा गाना नोटेशन में आकर 'गा ना, गा ना' पढ़ा जाता था। मैंने एक-दो तमगे मारे, लेकिन उस्ताद बूटे खां मच्छीहट्टा वाले और

अमृतसर के चौथराम की मजलिसों में जाते ही पता चल गया कि मेरे सामने तो वरसों के रियाज़ की दीवार खड़ी है और आसमान से बातें कर रही है। मुझे आहिस्ता-आहिस्ता और नोके-ज़बान से उसे हमवार करना होगा। अतएव मैं यों अलग हो गया जैसे केले के छिलके पर से फिसला हुआ आदमी तुरन्त उठकर इधर-उधर देखता है और फिर अपनी पगड़ी संभालता और मुंह में कुछ मिनमिनाता हुआ, इस दृश्य से टल जाने की कोशिश करता है। यह 'ऐंटी इम्पीरियलिस्ट' जंग का ज़माना था, जिसमें हमारे नेता हमें सूत के गोलों से लड़ने का मशवरा देते थे और कहते थे कि मार खा-खाकर अंग्रेज को सुअर बना दो। मार ही खाना होता, फादर तो मैं सुख से प्रोफेसर की बात पर अमल क्यों न करता! जब बम-पटाखा किस्म के लीडर की नौकरी खाली थी, कुछ लड़कों के साथ मिलकर मैंने एक खंडहर में बम बनाने की कोशिश की। अंग्रेज़ गवर्नर माउंट मोरेंसी तो ज्यों का त्यों सलामत रहा, लेकिन मेरे एक साथी का हाथ उड़ गया। वह मेरा हाथ भी हो सकता था, फादर रोज़ारियो, जिससे बाद में मैंने कहानियां लिखीं और अब उसे आपके हाथ पर रखे हुए इन पापों को स्वीकार कर रहा हूं।

चोरी की बात मैं लटका नहीं रहा, फादर रोज़ारियो! मैं कहानी लिखने वाला हूं, इसलिए उसे ठीक समय पर कलात्मक ढंग से कहूंगा, अर्थात् उस समय जब आप विस्मय से पानी न मांगें। मैंने और भी बहुत-से पापड़ बेले। पापड़ों में दाल के साथ काली मिर्च भी पड़ती है···लेकिन अभी तक मुझे आटे-दाल का भाव मालूम न हुआ था। मैंने चित्रकला में निकल जाने की कोशिश की और मैं वाकई निकल भी गया। हुआ यह कि मैं लैंड-स्केप बनाने के बजाय मानव-शरीर पर हाथ साफ करने लगा और गलती से वह भी औरत के शरीर पर। उसे बनाने में मैं खुद ही उसपर आशिक हो गया। इतने महंगे आर्ट पेपर को एक तरफ छोड़कर मैं ज़िंदगी में उसे ढूंढ़ने के लिए चल निकला। जिस कागज़ पर मैंने उसे बनाया था, वह तो अब तक गलाया, कूटा और फिर से कागज़ बनाया जा चुका है, लेकिन मैं अब तक उसे ढूंढ़ रहा हूं। मैंने शरीर पर के उस खत का अनुसंधान शुरू कर दिया जो औरत को मर्द से अलग करता है और उसके दिमाग में बेपनाह फितूर

पैदा कर देता है। देखिए न, एक मामूली खम से क्या हो जाता है! फिर औरत के शरीर में कमर से नीचे रानों की ओर जो खत जाता है, वहां एक हलका-सा मामूली गड्ढा पड़ता है, जिसे मानव-शरीर-शास्त्री सिर्फ रगों और पट्ठों का उतार-चढ़ाव समझते हैं। न मालूम कैसे 'गोया' ने अपनी प्रसिद्ध पेंटिंग 'माजा दि न्यूद' में इसे नज़रअंदाज़ कर दिया! हालांकि मैं इसके बारे में क्या कुछ लिख सकता हूं! दरअसल इस किस्म की बातें हर एक के बस की बात नहीं। इमर्सन ने लिखा है कि वह सामने का खेत जिसके पीछे सूर्यास्त होता है, मिस्टर लॉक का है। लेकिन वह दरअसल कवि की सम्पत्ति है···

मैं कवि हो गया। अंग्रेज़ी के हीरोइक मीटर में कविताएं लिखीं, जो छपीं भी, लेकिन छपने से क्या होता है! हमारे कई कवि मित्रों की कविताएं छपती रहती हैं; चाहे उनकी एक भी पंक्ति आप याद न रख सकें। एक अप्रौढ मस्तिष्क का व्यक्ति अनुसरण, महज़ अनुसरण में कई बार अच्छी चीज़ लिख मारता है। अंग्रेज़ी साहित्य के 'ग्रे' ने बचपन में बड़ा उम्दा मर्सिया नहीं लिखा? फिर, मैंने अंग्रेज़ी में लिखना छोड़ दिया। हां, हिन्दुस्तान में रहना और हिन्दुस्तानियों से बैर अच्छा न मालूम हुआ। जब उर्दू का रिवाज था और उर्दू में लिखने वाले अपने-आपको शाही खानदान के व्यक्ति समझते थे, जैसे अब हिन्दी वाले समझते हैं और साथ ही उर्दू और हिन्दी को एक ही भाषा के दो रूप कहते चले जाते हैं। अतएव मैंने उर्दू में शे'र कहने की कोशिश की और उसके इल्मे-ऊरूज़ (पिंगल)—माकूलन, नामाकूलन—से टकरा गया। थोड़ी देर में हम दोनों बेहोश पड़े थे, यानी मैं और शे'र। कहीं रास्ता न पाकर मैं छोटा-सा 'सेंट जेने' हो गया।

सेंट जेने को आप नहीं जानते, फादर रोज़ारियो! वह आपकी तरह का सेंट नहीं। वह चोर, गिरहकट, लुच्चा और लफंगा है। औरतें तो एक ओर उसने लौंडों में भी दिलचस्पी ली है जोकि मैंने नहीं ली। इसके बावजूद सार्त्र ने मुकद्दस बाप पोप के कर्तव्य अपने-आपपर लेकर उसे देवता बना दिया। हर जगह रोक, हर रास्ते को कठिन पाकर मेरी असीम भावनाओं ने निकास के और भी बहुत-से मार्ग खोज निकाले, जिनका संबंध किसी भी रचनात्मक वस्तु से

न था। मैंने अंधेरों की शरण ली। अंधेरों की बाबत आप नहीं जानते फादर! पहले खीरा कर देने वाली रोशनियों के बाद घना अंधेरा आता है और फिर एक नर्म-सी, मुसलसल (निरन्तर) मुकद्दस रोशनी, जिसका आदि है और न अन्त, और जिसके प्रतिबिम्ब से पूरी सृष्टि जीती और सांस लेती है। लेकिन अंधेरा? अंधेरे के जादू का मैं आपको क्या बताऊं, फादर रोज़ारियो, क्योंकि वह आपकी तंग और तारीक कोठरियों में नहीं होता। अंधेरे के बावजूद वहां उजाला रहता है। लेकिन अपना अंधेरा शुद्ध अंधेरा है। आपके यहां का अंधेरा उजाले में परिणत होता रहता है। लेकिन अपने यहां कोई अंधेरे की जगह लेता है तो अंधेरा। जैसे एक शून्य को हजारों शून्यों से गुना कर दीजिए तो परिणाम शून्य ही रहता है। इस अथाह अंधेरे में अक्ल नहीं वजदान काम आता है। इसमें करोड़ों-अरबों दिल एकसाथ धड़कते हैं, हसरतों और अरमानों के छोटे-छोटे मच्छर और बड़े-बड़े बाज़ उड़ते हैं। वे आंखों से नहीं, अपनी उड़ान से पैदा होने वाली थरथराहट की मदद से अपने सामने रोक पाकर लौट आते हैं; लेकिन उनकी उड़ान किसी तरह से कम नहीं होती। उनके विवेक के हाथ पर लाखों आंखों उमड़ आती हैं, जिनसे वे मार्ग टटोलते और पाते हैं। जिस दिन मैं अंधेरे की खोज में निकला उस दिन हमारे एक बहुत बड़े धार्मिक गुरु का जन्मदिन था, जिसकी पूरी उम्मत एक तरफ खुशियां मना रही थी और दूसरी तरफ पूजा में तल्लीन। जब एक तरफ मेरे समस्त शरीर पर भय से कम्पन छा रहा था तो दूसरी तरफ एक मधुर सनसनाहट अंग-अंग में समा रही थी। चूंकि पाप पुण्य का प्रतिद्वंद्वी है, फादर, इसलिए मानव-शरीर और मस्तिष्क पार से उतना ही आनंद ग्रहण करता है जितना कि पुण्य का अनादर हो। आह, मगर कितनी देर कोई अंधेरे में रह सकता है? कितनी देर उजाले में रह सकता है? ···

किसी विद्वान का कथन है कि वह व्यक्ति जो अपनी मंज़िल को न पा सके, उस व्यक्ति से अधिक ढिठाई का जीवन बिताता है, जिसकी कोई मंज़िल ही न हो। सचमुच एक सर्जनकारी मस्तिष्क का व्यक्ति जब सर्जन नहीं कर पाता तो वह एक आम आदमी से भी अधिक घटिया हो जाता है। वह कुछ इस अंदाज़ में गिरता और गिरता चला जाता है कि उसका उभरना असम्भव हो जाता है,

बशर्ते कि कहीं कोई संगीत न सुनाई दे जाए। फिर वह पाप की गोद में जाने के बजाय उसके पैरों पर लोटता है, जिससे पाप भी मोक्ष पा लेता है···यह सब कुछ सलीके से एक शे'र न लिख सकने के कारण हुआ, फादर रोज़ारियो! मैंने इतने पाप किए कि मैं उन्हें गिन भी नहीं सकता। इसके बाद मेरी अंतरात्मा ने मुझे लज्जित करना शुरू कर दिया। अंतरात्मा अपना अहं रखती है और शरीर, अपना। अंतरात्मा एक सुंदर रमणी की तरह आत्मविश्वासी होती है और अपने-आपमें तनिक भी तो कोई दूसरा गुण उत्पन्न करने का प्रयत्न नहीं करती। वह अपनी ही शर्त पर मुहब्बत की कायल होती है, जो कि अक्सर मान ली जाती है बल्कि माननी ही पड़ती है। इस सिलसिले में मझे वह रूपवती रमणी याद आती है, जिसने अपने सौंदर्याभिमान में एक फिल्म-डायरेक्टर को, जिसने अनगिनत शादियां की थीं, लज्जित करने का प्रयत्न किया और कहा, "याद है, मियां, एक बार तुमने मुझसे शादी की फरमाइश की थी।" डायरेक्टर ने उसे इससे आगे न बढ़ने दिया और वहीं टोक दिया, "तब? ···मैंने की थी?"

जिस रात मैंने चोरी की, उस रात हर चीज़ चोरी के लिए उमड़ी हुई थी। शाम के वक्त सूरज आम तौर पर आहिस्ता-आहिस्ता अस्त होता है। उसके अस्त हो जाने के बाद भी बड़ी देर तक एक रोशनी-सी रहती है, जो धीरे-धीरे अंधेरे को जगह देती है। लेकिन उस दिन अजीब-सी बात हुई। एक क्षण ने देश और काल की कैद को तोड़ दिया और इकाई बनकर मेरे सामने स्थिर हो गया। उससे तुरन्त पहले आसमान पर जून की दोपहर का सूरज था और तुरन्त बाद दिसम्बर की अमावस। यह कि कोई हज़ार वाट के हंडे को निमिष-मात्र में बुझा दे, प्रकृति में भी होता है। जब लाख सिर पटकने पर भी मुझे एक मिसरा तक न सूझा तो मैंने एक पुरानी पत्रिका उठाकर उसमें से सतर्कता के साथ एक गुमनाम शायर की गज़ल चुराई और अपने नाम से अखबार में छपने के लिए भेज दी। अखबार वाले तो आप जानते हैं, हर अच्छी चीज़ को छापने के लिए तैयार हो जाते हैं, बशर्ते कि उसके लिए कोई पैसे न मांगे। हां, चूंकि सम्पादक और उसका पूरा परिवार भी हर हफ्ते अखबार को अपनी मौलिक रचनाओं से नहीं भर सकते। गज़ल छपकर आई। उसपर

मेरा नाम था, जो छपा हुआ था। मैं इसे दिन में पच्चीस-तीस बार पढ़ता था और बाज़ार की तरफ निकल जाता था कि लोग मेरी ओर देखें। जब तक कहीं अंदर मुझे विश्वास हो चुका था कि वह गज़ल मेरी अपनी है। लेकिन···

हमारे घर में एक शायर मेहमान रहते थे। उन्होंने पहले मेरी तरफ देखा और फिर मेरी गज़ल की तरफ और कुछ यों दाद दी कि इसी अखबार में 'रचना-चोर' के शीर्षक से मेरे खिलाफ एक-दो कालम का लेख छपा, जिसमें चोरी का स्रोत भी दर्ज था। अब मैं बाज़ार भी न जा सकता था···

चोरी का भी एक दर्शन होता है, फादर रोज़ारियो! चोरी··· खैर, हटाइए। मैं दुनिया-भर की घटिया बातों के पक्ष में दर्शन पैदा करके आपको बोर न करूंगा। हां, यह तो हर लिखने वाले के दायें हाथ का करतब है या शायद बायें का, क्योंकि बहुत कम ऐसे काम हैं जिनके लिए दोनों हाथ इस्तेमाल करने पड़े। बहरहाल एक बात तय है कि एक चोरी दूसरी ज़रूर करवाती है, जैसे एक शरीर को छिपाने के लिए दूसरा शरीर ढूंढना पड़ता है। लेकिन मेरी वह दूसरी चोरी पहली चोरी से बहुत भिन्न थी। मेरे मस्तिष्क के अनोखे तर्क ने मुझे इस निष्कर्ष पर पहुंचा दिया कि अगर मैं शे'र नहीं लिख सकता तो मेरा मेहमान शायर भी नहीं लिख सकता, क्योंकि उसकी शक्ल मेरी शक्ल से भी ज़्यादा शे'र-भगाऊ थी। वह प्लाटीरो था, ऐसा प्लाटीरो जो मासूम भी न लग सके। वह उस उल्लू की तरह था, फादर, जो काठ का भी। नहीं बल्कि असली हो और जिसे आप पूजा के लिए जाते हुए यकायक कहीं बबूल पर बैठा हुआ देख लें और जिससे आप डर जाएं और वह भी मुझे कैसे पता चला कि वह भी शे'र चोरी करते होंगे? बड़े सहज ढंग से। जब वे अपनी शेव बनाते थे तो ठुड्डी पर हमेशा कहीं न कहीं बालों का एक ठूंठ रह जाता था···

उनकी चोरी पकड़कर जैसे मुझे मानसिक शान्ति प्राप्त हो गई, जैसे मेरे सारे पाप धुल गए। पहली चोरी और बाद की गिरफ्तारी का कम्पन अभी तक शरीर में शेष था। अतएव मैंने फैसला कर लिया कि बुरा लिखूंगा, लेकिन अपना बुरा। किसीका बुरा लिखने से क्या फायदा?

देखा, फादर रोज़ारियो! कई बार कितनी अच्छी चीज़ की शुरुआत कितनी गंदी चीज़ से होती है! खुद इंसान ही को देखिए। कैसी गिलाज़त में लिपटा चला आता है और फिर क्या से क्या बन जाता है! सिवाय ईसाई और दूसरे मज़हबों की पौराणिक कथाओं के कुछ पात्रों के, सब इसी प्रकार आए और क्या कुछ बन गए! इन पात्रों के भी वैचित्र्यपूर्ण जन्म पर अक्ल और अक्ले-महज़ की लौंडी साइंस विश्वास करे या न करे, लेकिन मैं तो करूंगा, बल्कि मैं जो कहानियां लिखता हूं और जिसने अपने पिछले जन्मों में अपने अस्तित्व से बहुत-सी पौराणिक कथाएं लिखी हैं, इंसान को ऐसे-ऐसे तरीकों से पैदा करूंगा कि खुद मेरी पौराणिक कथाएं दांतों में उंगली दबाकर मेरी तरफ देखें, क्योंकि मेरे नज़दीक इस प्रकार की अलौकिक उत्पत्ति में बहुत बड़ा सच है, जिसे मैं झूठ-सच कहता हूं। और जिस बात को मैं झूठ समझता हूं, फादर रोज़ारियो, उसे मैं सचमुच झूठ कहता हूं आदि-आदि, क्योंकि कोई चीज़ साबुत और सालम नहीं और न इकाई की हैसियत रखती है, सिवाय इस खुदा या सौ-सवा सौ तत्त्वों के, जो मिश्रण होने के लिए तड़पते रहते हैं। सोना उनमें से एक है, लेकिन उसकी हैसियत भी उस वक्त बनती है जब वह मेरी प्रेयसी की शोभा हो। अगर इकाई ही सब कुछ होती, फादर रोज़ारियो, तो परमात्मा जो पुरुष है, अकेला मज़े से रहता। क्यों उसने अपने लिए प्रकृति की सृष्टि कर ली? क्यों हर चीज़ को अपूर्ण रखा और मिश्रण बन जाने पर मजबूर कर दिया? क्या इसलिए कि मौत में बिखर जाने की कला सीखे? वाह! क्या कला है! वह अंग जो नर को दिया, उसका कुछ अंश मादा को भी क्यों दे दिया?—मैं बताता हूं, क्यों? इसलिए कि हर एक चीज़ पूर्णता के लिए तड़पती रहे और अच्छी-अच्छी कहानियां पैदा हों, शे'र कहे जाएं, तस्वीरें बने और ताने उड़े। इकाई कोई चीज़ नहीं, फादर, वह सिर्फ गणित के काम आती है और उससे परे होकर निरर्थक और नीरस बनकर रह जाती है। हमारे दैनिक जीवन में कोई धड़ से कह डालता है कि त्रिलोचन को पारो से मुहब्बत हो गई। मगर त्रिलोचन तीन या तीसरी आंख रखने के बावजूद क्यों पारो पर कब्ज़ा करना, उससे शादी रचाना चाहता है? क्यों उसपर झपटने की कोशिश करता

है? क्या इसलिए कि वह हुस्न की ताब नहीं ला सकती थी, इसलिए कि पारो खुद ही अधिकृत और अधीन होना चाहती है? क्योंकि ये दोनों ही बातें सही हैं; इसलिए मैं जो उनकी मुहब्बत को आने वाली पीढ़ियों और अपनी कहानियों की खातिर स्वीकार करता हूं, नफरत को भी मुहब्बत कहूंगा, जो शब्द-रचना मैंने डी० एच० लारेंस से ली है। इसी प्रकार किसी आवारा की एक रमणी से मुहब्बत को नफरत, उनके सम्बन्ध को उल्लास-विषाद का सम्बन्ध ···ऐसे ही ऊपर-नीचे, अंधेरा-उजाला आदि···बहरहाल अपनी इस चोरी को मैं इसी हालत में सराहूंगा, फादर, अगर आप मेरी कहानियों को अच्छा समझते हों तो, वरना मंज़िल और उस तक पहुंचने के साधनों आदि के दर्शन को मैं भली प्रकार जानता हूं। अफसोस! आपने तो मेरी एक भी कहानी नहीं पढ़ी। एकाएकी मेरी चार अच्छी कहानियों के नाम मत पूछिएगा, प्लाटीरो···मेरा मतलब है, फादर, क्योंकि एकाएकी पूछ लेने से तो मैं अपना नाम भी भूल जाता हूं। मैंने अच्छी कहानियां लिखी हैं, जिनमें से एक तो बाइबल की सैमसन और दलायला से टक्कर लेती है। अच्छा, मेरी कहानी नहीं पढ़ी तो कृश्न चन्दर की 'कंवारी' पढ़ी है? मुझे वह बहुत पसंद है। वाकई काम-भावना मनुष्य में नहीं मरती, चाहे वह कितना ही बूढ़ा और बेकार क्यों न हो जाए। काम-भावना का सीधा सर्जनकर्ता से सम्बन्ध है, फादर, जो ईड़ा, पिंगला, सुषुम्ना नाड़ियों की सहायता से नीचे शरीर में आती है तो बच्चे पैदा करती है और आंखों के पीछे तीसरी आंख के निकट आती है तो कहानियां। मैंने भी 'कंवारी' जैसी एक कहानी 'लम्बी लड़की' के नाम से लिखी है, जिसमें लड़की इस कदर लम्बी है कि उसे अपने कद का लड़का नहीं मिलता। इसी कुढ़न में उसकी दादी मर भी नहीं पाती, हालांकि सामने उसका अपना लड़का, लम्बी लड़की का बाप, दम तोड़ देता है। आखिर नाटे कद का एक लड़का इस लड़की को देखने आता है, जिसे उठने, चलने, फिरने की मनाही है, क्योंकि ऐसे में उसकी लम्बाई के खुल जाने का अंदेशा है। आखिर शादी हो जाती है और फेरों में लड़की को दोहरी-तिहरी होकर चलने की हिदायत है। कैसी विवशता है, जिसमें वह लड़की इस हिदायत पर अमल करती है मगर नहीं जानती। शादी के बाद दूल्हा-दुल्हन

दोनों दूर असम चले जाते हैं और जब महीनों कोई खत नहीं आता तो बुढ़िया को विश्वास हो जाता है कि लड़की के पति ने उसे निकाल दिया होगा। साल के बाद एकाएकी उनका आगमन होता है। मगर इस वक्त भी बुढ़िया धप् से हाथ लड़की के सिर पर मारती है और उसे नीची होकर चलने के लिए कहती है। उसके दिमाग में यह बात ही नहीं बैठती कि अब तक लड़के और लड़की ने एक-दूसरे को देख-परख लिया होगा। यह कैसा डर था जिसका आदि और अन्त तो था, लेकिन बीच की मंज़िलें गायब थीं। जब बुढ़िया को पता चलता है कि लड़की पेट से है तो उसे विश्वास हो जाता है कि उसकी पोती बस गई है। अब वह तसल्ली से मर सकती है। लेकिन मरने से चंद ही क्षण पहले उसके बूढ़े झुर्रियों से पटे चेहरे पर मुस्कराहट आ जाती है और वह लड़की से पूछती है, "हाय री मुन्नी! तेरा वह तुझसे प्यार कैसे करता होगा?"··· फिर··· फिर वातावरण में वायु-तत्त्व प्रबल हो उठता है और बुढ़िया के सिरहाने रखी हुई गीता के पन्ने हवा में उड़ने लगते हैं और इस जगह पर आकर रुक जाते हैं जहां शव्द 'समाप्त' लिखा होता है···

मैं इस कहानी में आप्टेकल इल्यूज़न की बात नहीं करता, जिसमें लंबी से लंबी लड़की लेटे में छोटी हो जाती है, बल्कि उस क्रम और समन्वय की बात कहता हूं जो मानव-मस्तिष्क हर अव्यवस्थित वस्तु में पैदा कर लेता है। इसपर भी कृश्न चन्दर की कहानी मेरी कहानी से बेहतर है। हां, फादर! मैं अपने इस समकालीन की प्रशंसा ईर्ष्या की भावना से कर रहा हूं, लेकिन इसे ईर्ष्या-मैत्री कहता हूं। वह भी ऐसे ही मेरे साथ मैत्री-ईर्ष्या करते आए हैं।

अफसोस कि आपने न कृश्न चन्दर की कोई कहानी पढ़ी है, न इस्मत फी, न मंटो की। आप तो नाच-रंग, सिनेमा-थियेटर, किस्से कहानियों को ऐसी बातें समझते हैं, जो आपको शाश्वत सत्य से परे ले जाती हैं। आपकी दृष्टि में वह सब पाप है जो हिन्दू दार्शनिकों के नज़दीक 'परे और आप' का मिश्रण है, अर्थात् वह वस्तु जो आपको अपने 'आप' से परे ले जाए। मैं आपको कैसे बताऊं, फादर कि मैंने हमेशा इस आप से परे हटना चाहा, क्योंकि मेरे नज़दीक यही मानव-उपलब्धि की चरम सीमा है। क्या आपने मिस्री मत की हलीमा के लचकीले बदन को नृत्य की विश्वव्यापी स्वीकारता में

'हां-हां' करते देखा है? कम से कम बैले में मार्गट फौतेन और न्योरि-येफ ही को देख लेते तो पता चल जाता कि सर्जनकर्ता को अपनी कृति से क्या सम्बन्ध है? रूसी बैले-डांसर तो शिक्षा के बाहुल्य के कारण इस बात को नहीं जानते, लेकिन आप तो जानते हैं? सोंजाहनी को बर्फ पर स्केट करते देखने में तो कोई गुनाह नहीं? कैसे वह बर्फ पर खत और दायरे बनाती है, जीवन और अलौकिक के चक्कर समझाती है? कुछ नहीं तो इस बर्फ ही को चूम लेते जिसे आप पसंद करते हैं और जो आपके शरीर और मस्तिष्क का हिस्सा बन चुकी है। अपने यहूदी मैनहोहन की वायलिन नहीं सुनी तो क्या रविशंकर और विलायत हुसैन की सितार सुनी है? वे भी तो रूह ही की आवाजें हैं। सिब्बो लक्ष्मी 'मीरा' के भजन ही तो गाती है, जिससे आप अपने मतलब की बात समझ सकते हैं और मैं अपने मतलब की। बाला सरस्वती बूढ़ी हो गई है या गुरु कुरुप्प जवान हो गए हैं? हुसैन, आरा, पद्मसी और गाईटोंड महल नहीं बना सके, हालांकि हमारे मंदिर, मस्जिद, गिरजे और मिलों की चिमनियां आसमान से बातें करती हैं। फादर रोज़ारियो! आप शायद नहीं जानते कि हमारे देश की सती-सावित्री भी वही बात कहती है जो अमरीका की रीटा हैवर्थ, जब बर अपने पति आर्सन वेल्ज़े से तलाक लेती है। फ्रांसीसी एक्ट्रेस यां मोरो का अभिनय देखा है और उसके बाद उसका बयान पढ़ा है, जिसके बाद वह कहती है कि कला की उत्कृष्टता के लिए मेरे नज़दीक उस डायरे-क्टर के साथ सोना ज़रूरी है, जिसके साथ मैं काम कर रही हूं? शेक नाच वाले भी आप ही की तरह से इस शरीर को झटक देना चाहते हैं, जो रूह का पीछा ही नहीं छोड़ता। जर्मनी की नई बीमारी 'चूमने दो' का मार्ग भी आत्मा के केन्द्र को जाता है, लेकिन शरीर से होकर। अगर आप मानते हैं, हकीकत तक पहुंचने के और भी बहुत-से रास्ते हैं तो फिर ईसाई कौन है, मुसलमान कौन है और हिन्दू कौन? फिर मेरी कहानियों से उदासीनता कैसी? अकेले आप ही नहीं, फादर रोज़ारियो, जो कहानी को निरर्थक बात सम-झते हैं। और भी बहुत-से फादर हैं। जब मैंने अपनी पहली कहानी लिखी तो मैं इतना ही खुश था जितना कि इस दुनिया की सृष्टि करने के बाद खुदा खुश हुआ होगा। क्या विशाल दुनिया थी, जो

मेरे दिमाग के अलादीनी चिराग ने मेरे सामने खोल दी थी। मां-बाप मर चुके थे। घर में दरिद्रता का साम्राज्य था। बड़ों में से सिर्फ मेरे बूढ़े ताऊजी रह गए थे, जो किसी तरह से हमारी जीविका नहीं जुटा पाते थे, क्योंकि उनसे अपनी छोटी-सी ज़मींदारी भी न चलती थी। एक दिन मैंने उनसे कहा—आप सब भूल जाइए, ताऊजी! मुझे कहानियां लिखनी आ गई हैं और मैं इनसे बहुत पैसे कमाऊंगा। मेरे ताऊ आपसे भी ज़्यादा भोले थे, फादर रोज़ारियो! वह 'जप-तप, संयम-नियम' के बहुत कायल थे। उनकी आंखों में आंसू ढल आए और उन्होंने मुझसे पूछा, "क्या तुम ज़िदगी-भर झूठ ही की कमाई खाओगे, जाहन?"

जब से मैं बराबर झूठ बोल रहा हूं, फादर, लेकिन इसे झूठ-सच कहता हूं। यह शब्द-रचना मैंने अपने आराम और सहूलियत के लिए नहीं बनाई बल्कि मैं इसका कायल हूं। आपके खुदा की ज़बान भी खालिस सच नहीं है, वह भी संकेतों में बात करता है। उसने कभी सामने आकर सच के तरीके से नहीं कहा—मैं हूं। उसने किसी कत्ल के मुकदमे में गवाही नहीं दी, हालांकि कई बार कत्ल सिर्फ उसीने देखा होता है—वह तो कहता है—तुम हो, इस-लिए मैं हूं। गवाह ढूंढ़ने के लिए दौड़ो, भागो और अगर न मिले तो पैदा कर लो। आदमी सख्त परेशान होता है और सोचने लगता है कि आज गवाह को पैदा करना शुरू किया तो कितनी देर में वह पलेगा और पलकर जवान होगा? वह कहता है, मेरी सृष्टि में अंगुलियों की लकीरें साफ गवाही देती हैं और ईंट-पत्थर भी बोलते हैं। उनका बयान न ले सको तो ऐसे ही कान खोलकर फिरो, क्योंकि कहीं न कहीं कातिल की आस्तीन का लहू पुकार रहा होगा। अगर वकीलों की धांधली के कारण रिहा हो जाए तो भी वह कुछ नहीं कहता। ज़रूर पिछले जन्म में मकतूल (हत) ने कातिल को कत्ल किया होगा, इसलिए इस जन्म में हिसाब बेबाक हो गया। वह हमें कभी एक खूबसूरत-सा खरगोश हाथ में थमा देता है और कभी बदसूरत-सी सेह। ये उसकी कहानियां और पहेलियां हैं, जो हमारी समझ को आज़माती और उसे तीखा करती हैं। पंजाबी कवि गलेरिया के अनुसार उसने गुलाब को बीसियों ज़बाने दी हैं; पर वह चुप है। अगर बात करता है तो संकेत की भाषा में। खुदा

की अपनी भाषा भी संकेत की है और अस्तित्व छल का। वह खुद माया के माध्यम से बातें करता है, और कभी ठेठ सच नहीं बोलता। गैलिलियो, मंसूर, सुकरात, ईसा और गांधी इसीलिए मारे गए कि उन्होंने खालिस सच बोला और झूठ-सच के महत्व को नज़रअंदाज़ कर गए। उन्होंने अपने सामने लोगों को इस सिलसिले में शहीद होते हुए देखा; मगर यह भूल गए कि इंसान सब कुछ सहन कर सकता है, पर सामने का सच नहीं।

आप खरे-खरे सच में विश्वास रखते हैं, फादर रोज़ारियो! तो लीजिए, मैं आपको कुछ सच्ची बातें अपनी कहानियों के बारे में बताता हूं। वे बिलकुल सच्ची हैं, देसी घी की तरह शुद्ध और गाढ़ी-गाढ़ी।

मैंने अपनी कहानी 'बब्बल' में इस बात को स्वीकार किया था कि स्त्री और पुरुष में ताल-मेल आवश्यक है। लेकिन मानव समाज की कोई निश्चित रूपरेखा सिवाय इस बात के नहीं बनती कि मर्द और औरत शादी करें और इसके बाद बच्चों की ज़िम्मेदारी संभालें। यही एक ढंग है, जिससे यौन-क्रिया के पवित्रता उत्पन्न हो सकती है, जिसे दुनिया के निन्यानबे फीसदी लोग गंदा और घटिया समझते हैं और इसे दर्दनाक बल्कि शर्मनाक मजबूरी कहते हैं—दरबारीलाल एक बच्चे—बब्बल को उसकी भिखारिन मां मिसरी से किराये पर लेकर सीता को होटल में ले जाता है तो सब उसका स्वागत करते हैं, हालांकि इससे एक ही रोज़ पहले किसी दूसरे होटल वाले ने उसे लुच्चा-लफंगा कहकर भगा दिया था। जब वह सीता से सम्भोगरत होने लगता है, तो बब्बल रोने लगता है। दरबारी उसे मारने के लिए दौड़ता है, लेकिन अर्धनग्न सीता लपककर बच्चे को पकड़ लेती है और उसे अपनी छाती से लगा लेती है। वह दरबारी को दुनिया का नीचतम व्यक्ति समझती है। जिसने इस काम के लिए एक मासूम बच्चे को इस्तेमाल करने से भी संकोच नहीं किया। वह एक तरफ खड़ी है, बच्चे के साथ, जो औरत—मां का अभिन्न अंग है और ऐसी नज़रों से दरबारी की ओर देखती है कि उसपर घड़ों पानी पड़ जाता है। वह इस खिन्न अवस्था में सीता से वादा करता है कि वह पहले शादी करेगा...
जिस सच से मैंने कहानी का प्लाट लिया है, फादर रोज़ारियो, उसमें

मेरे हीरो ने व्हिस्की पीकर और पांच रुपये वाला पान खाकर सीता के साथ इस हद तक बलात्कार किया था कि वह अर्ध-मृतक दशा में हस्पताल ले जाई गई और जुलाब से बच्चे के पेट से अफीम और उसका असर दूर किया गया···

और सच कहूं? 'टर्मीनस से परे' में मोहनजाम विक्टोरिया टर्मीनस के स्टेशन पर अपनी पत्नी को पहाड़ पर जाने के लिए विदा करता है। गाड़ी चलती है तो उसे मालूम होता है कि उसकी परिचिता अचला ने इसी गाड़ी में अपने पति को दिल्ली के लिए विदा किया है। मोहनजाम अचला को अपनी कार में लिफ्ट देता है। और इस ढंग से आग और तेल का घटिया-सा खेल शुरू हो जाता है। कुछ ही दिनों में वे एक-दूसरे के बहुत ही करीब हो जाते हैं; लेकिन समाज के अंतर्विरोध एक ओर पाप की प्रेरणा देते हैं तो दूसरी ओर निराकरण की भी। अचला मोहनजाम को अधिक आगे बढ़ने से रोक देती है और कहती है, क्या मर्द और औरत के दरम्यान कोई और रिश्ता नहीं बनता? क्या वे बहन-भाई नहीं हो सकते?" ···मोहनजाम चिढ़कर उसे 'बहन' कह देता है, लेकिन···

उधर मोहनजाम की पत्नी सुमित्रा लौट आती है और इधर अचला का पति राम गदकरी। रक्षा-बंधन के दिन मोहनजाम तीन साढ़े तीन सौ की साड़ी और सौ रुपये नकद अचला को उपहार-स्वरूप देता है, हालांकि इसी शहर में अपनी सगी बहन को सिर्फ दस रुपये दिए थे। अचला उस दिन सुबह ही से सजती-बनती रही थी और उसने जो राखी मोहनजाम के लिए बनाई थी, उसमें कलाबत्तू के अलावा सच्चे मोती टांके थे। मोहनजाम राखी बंधवा एक सर्द आह भरते हुए चला जाता है। तभी अचला संतुलन खो बैठती है। और अपने पति राम गदकरी से लिपट जाती है और उसे कहती है, "मुझसे प्यार करो, और···और···"

हकीकत यह है कि मोहनजाम और अचला ने परस्पर षड्यंत्र रचकर एक ने अपनी पत्नी और दूसरी ने अपने पति को भिजवा दिया था। अब अचला के यहां एक बच्चा है, जिसे अचला का पति राम गदकरी अपना समझता है और नित्य उससे खेलते हुए कहता है, "मेरा चुन्नू! मेरा मुन्नू! ···"

यह नहीं कि संसार में हर जगह गंदगी ही गंदगी और दुराचार

ही दुराचार हो। नेकी का सच यह है कि मेरी कहानी 'अपने दुःख मुझे दे दो' की इंदो अपने यथार्थ जीवन में इतनी 'सच्चरित्र' बन चुकी है कि उसे अपने सिवा और कोई आदमी अच्छा नज़र ही नहीं आता। सब गंदे और गिलाज़त से पटे हुए दिखाई देते हैं। उसके लड़के, उसकी लड़कियां, यहां तक कि उसका पति भी उसके पास नहीं फटकते। सब अपनी पहली फ़ुर्सत में कहीं दूर भाग जाना चाहते हैं। वह अकेली बैठी पूजा-पाठ किया करती है और कभी-कभी आने-जाने वालों को उसकी बर्बर हंसी सुनाई देती है।

सच सुनने की सामर्थ्य किसमें है, फादर रोज़ारियो? नहीं, मैं सच न बोलूंगा या ऐसा सच बोलूंगा जो आपके सच से परिष्कृत हो, अर्थात् उसमें झूठ का सुंदर-सा सामंजस्य हो। ऐसा न करूंगा तो समाज में अराजकता फैल जाएगी। लोग मुझे मार देंगे और मैं मरना नहीं चाहता। मुझे ज़िंदगी से बड़ी कमीनी-सी मुहब्बत है। मैं शहीद होना पसंद करता हूं, बशर्ते कि वह भी कोई दूसरा हो। मैं अपनी पीठ पर सलीब उठाता हूं। लेकिन इस उम्मीद में कि एक दिन उसे झटक दूंगा। पहले मैं अत्यन्त निरीह-सी कहानियां लिखा करता था, फादर, जिनका सम्बन्ध सतह, महज़ सतह से था। अब, जबकि मैंने मानव-अवचेतनाओं में जाने का प्रयत्न किया है तो पहले ही आलोचकों ने कहना शुरू कर दिया है कि तुम 'सेक्स' पर लिखने लगे हो। मैं सेक्स पर लिखता भी हूं, फादर रोज़ारियो, तो एक जिम्मेदारी के एहसास के साथ। ऐसे ही उत्तेजना उत्पन्न करने अथवा उत्तेजित होने के लिए नहीं। यों मुझे अपने गुनाह, जो पूरी तरह गुनाह नहीं बन पाते, अत्यन्त प्रिय हैं। दरअसल मैं आपके पास इतना पाप-स्वीकृति के लिए नहीं आया, जितना यह बात कहने के लिए आया हूं कि मैं और गुनाह करूंगा ताकि आपकी नौकरी बनी रहे। मैं मजबूर हूं, फादर रोज़ा-रियो! जब गुनाह की घड़ी आती है तो मेरा शरीर और मस्तिष्क बल्कि अंतरात्मा यों कांपने लगते हैं जैसे आप शाश्वत सौंदर्य से दो चार होकर। मैं भी अपने कार्य-क्षेत्र में एक तरह का पादरी हो गया हूं। कातिल खुद अपने मुकदमे की सुनवाई के लिए मेरे पास आते हैं। मेरे कमरे में जो वीड-प्लांट है उसने रूठकर मुझसे कहा, दो दिन हो गए, तुमने मुझे पानी ही नहीं डाला। मैं क्या जवाब

देता! मैंने शरारत से कहा, कै रोज़ हो गए, तुमने मुझे घास ही नहीं डाली। वह हंस पड़ा और मैं भी रो दिया। इसके बाद मैंने उसके पत्तों को चूमा, हाथ से अपने शरीर की ऊष्णता दी जो पाप-बाहुल्य से हमेशा जलते रहते हैं। उसने मुझे अपने शरीर की हरी ठंडक दी। मेरे घर के सामने एक डस्ट-बिन है, जहां मुहल्ले के लोग कूड़ा-कर्कट फेंकते हैं। इसमें डबल रोटी का एक स्लाइस पड़ा था। मैं कहीं इधर से गुज़र रहा था कि कूड़े-कर्कट के ढेर में से सिर उठा-कर उसने मुझसे कहा, देखो, देखो जाहन! मुझे कहां फेंक गए हैं! यह मेरी जगह नहीं है जबकि इसी सड़क के मोड़ पर, पान वाले की दुकान के पास, कई भूखे घूम रहे हैं। अभी-अभी मेरे प्रोड्यूसर ने कहा है कि पिक्चर आगे नहीं चलेगी, क्योंकि हमारी हीरोइन को गर्भ रह गया है। अब हम और हमारा पूरा यूनिट अगले छः-आठ महीने तक बेकार रहेंगे और हीरोइन के स्वास्थ्य के लिए प्रार्थनाएं करने पर मजबूर। या एक-दूसरे के साथ सर-फुटव्वल करेंगे, जोकि हर आदमी बेकारी में करता है।

सामने डान बास्को स्कूल का गिरजा देख रहे हैं ना? इसमें बजने वाले घण्टों की आवाज़ बेहद खूबसूरत है। मैं मंदिर और मस्जिद वगैरह में तो नहीं जाता, लेकिन घंटों की आवाज़ और अज़ान मुझे बहुत प्यारी लगती है। मैं उनकी प्रतिध्वनि का पीछा करता हुआ इतनी दूर निकल जाता हूं कि आप उसका अंदाज़ा भी नहीं कर सकते। मुझे ऐसा मालूम होता है जैसे मैं उन्हींकी तरह सुक्ष्म से सूक्ष्मतर होता जा रहा हूं। रूह का तो वज़न नहीं होता, मेरा शरीर भी बेवज़न हो जाता है और मैं पूरी सृष्टि पर फैल जाता हूं, जब मेरी शक्ल जाहन की नहीं रहती। मैं वह परमात्मा बन जाता हूं जो अरूप और निराकार है। मुझे खुदा का यह गुण-रहित होना बेहद पसंद है, क्योंकि उसके इसी गुण से हम जो कहा-नियां लिखते हैं और चित्र बनाते हैं, अपने लिए गुंजाइश पाते हैं, जैसे हम भी अपने-अपने तरीके से छोटे-छोटे खुदा हैं। जब मैं अपने दिल की खूबसूरत घुलावट में गलेरिया की कविता पढ़ता हूं :

ऐ अरूप! मैं भी तो रूपहीन हूं।
तेरे रूप की ज्योति मेरे प्रकार की स्याही को रूपवान,
और उजागर कर देती है—

तेरे रूप की ज्योति मेरा जीवन-आधार है,
इसके बिना मेरे अस्तित्व का रंग और मेरे आकार के
चित्र मुझ ही में विलीन हो जाते हैं···

फादर रोज़ारियो! अपने इस आत्मबोध से मैं आप ही चौंक उठता हूं। आप अंदाज़ा कीजिए, वह आदमी कैसे जीवित रह सकता है जिसे अपनी रूह के अंधेरे में एकसाथ लाखों, करोड़ों आवाजें सुनाई दें। जो इस कद्र सूक्ष्म हो जाए कि खुद को भी खोजने पर न पा सके। जब आत्मबोध होता है तो आप अपने भीतर हज़ारों चमत्कार होते देखते हैं। दुनिया की हर स्थूल तथा सूक्ष्म वस्तु का सम्बन्ध समझ लेते हैं और जब लिखने बैठते हैं तो तुच्छ-सी चींटी भी प्रतीक उठाए आपके सामने चली आती है।

क्या कहा, फादर रोज़ारियो? आप गिरजा छोड़ रहे हैं? नहीं फादर, खुदा के लिए ऐसा मत कीजिए। मेरी तरह अकेला जीना हर किसीके बस का रोग नहीं। आप और आपकी तरह के और लोग जी नहीं सकते, जब तक वे किसी धर्म, सम्प्रदाय अथवा दल से सम्बन्ध न रखते हों। मैंने जो झूठ-सच बोला है, वह हर किसीके काम का नहीं। आपने गिरजा छोड़ दिया तो आप मर जाएंगे और वह भी पागल होकर···

मुझे आज्ञा दीजिए, फादर···वह आदमी जो एक मर्द और औरत के झगड़े में पड़ गया था और औरत को अलग ले जाने के बाद आज तक लौटा ही न था, एकाएकी कहीं से चला आया है। मैं ज़रा उससे जाकर पूछूं तो आखिर बात क्या हुई?

फिल्म बनाना खेल नहीं है

(सामाजिक फिल्में)

फिल्म यों तो खेल है; लेकिन इसका बनाना खेल नहीं। विचार और रूपरेखा से लेकर फिल्म बनाने तक बीच में बीसियों, सैकड़ों ऐसी रुकावटें आती हैं कि बड़े जी-गुर्दे वाला आदमी भी दम तोड़ सकता है।

सामाजिक फिल्म बाकी दूसरी किस्मों से अलग नहीं; लेकिन ज़्यादा मुश्किल इसलिए है कि उसके साथ आपपर ज़्यादा जिम्मे-दारी आ पड़ती है। हमारा समाज विविध प्रकार का है; कई धर्म, सम्प्रदाय, राज्य, बोलियां-ठोलियां हैं। राष्ट्रीय विधान ने व्यक्ति-गत रूप से सबको मूलभूत अधिकार दे रखे हैं, और सामूहिक रूप से विशिष्ट अधिकार। कहने का मतलब यह नहीं कि मैं इन अधि-कारों के विरुद्ध हूं; लेकिन एक बात ज़रूर है कि व्यक्तिगत और सामूहिक रूप से अभी मेरे भाइयों को इन अधिकारों का इस्तेमाल करना नहीं आता।

मुझे याद है, जब मैंने फिल्म 'मिर्ज़ा गालिब' लिखी तो अव्वल और आखिर हमारे सामने मकसद यह था कि देश के कोने-कोने में मिर्ज़ा गालिब का कलाम गूंजे। लोग उनके विचार और उनकी कविता के माधुर्य से परिचित हों। कहानी तो एक बहाना होती है, जिसकी मदद से आप उस समय के समाज को प्रतिबिम्बित करते हैं। अतएव बहादुरशाह ज़फर कहते हैं, "आवाज़ उठी और न आंसू बहे, शहंशाहे-हिंद की हकूमत जमना के किनारे तक रह गई।" मुगल सत्ता समाप्त हो रही थी और ब्रिटिश साम्राज्य धीरे-धीरे अपने पंजे फैला रहा था। कितने अफसोस की बात है कि मिर्ज़ा साहब जब

जेल से रिहा होकर अपनी प्रेमिका के यहां आते हैं और दरवाज़ा खटखटाते हैं तो कोई जवाब नहीं आता। उस समय वह एक सरल पर दुःखभरे वाक्य में उस समय का पूरा नक्शा खींच देते हैं, "अरे कहां हो दिल्ली वालो?···दिन-दहाड़े ही सो गए?" इसपर भी कुछ लोगों को सूझी कि मिर्ज़ा साहब का प्रेम-सम्बन्धी जीवन क्यों पेश किया गया। जैसे वह इंसान नहीं थे, उनके दिल नहीं था। वह कितने दिल वाले थे, उनके पत्र पढ़कर पता चलता है।

ऐतिहासिक फिल्मों का ज़िक्र महज़ औपचारिक है, क्योंकि वास्तव में वे किसी न किसी तरह सामाजिक पहलू लिए हुए हैं। मगर इसका क्या किया जाए कि इसके साथ किसी न किसी हित का इशारा होता है। उदाहरण के लिए महाराजा रणजीतसिंह के बारे में फिल्म बनाना आसान नहीं है। तथ्यों के सम्बन्ध में दो इतिहासकारों की राय आपस में नहीं मिलेगी। फिर वह हित उनके जीवन के व्यक्तिगत पहलू को फिल्म के पर्दे पर नहीं लाने देगा। आपको कई संस्थाओं से क्लीयरेंस हासिल करना होगा और जब वह हासिल होगा तो स्क्रिप्ट की शक्ल बिलकुल बदल चुकी होगी, जिसमें आप अपना चेहरा पहचान ही नहीं पाएंगे। कुछ इस किस्म की बातें हो जाएंगी—आप बहुत अच्छे हैं, मैं भी बहुत अच्छा हूं। तंदुरुस्ती हज़ार नियामत है आदि-आदि। और अगर आप उनकी शंकायों के खिलाफ जाएंगे तो मोर्चे लगेंगे, आपकी ज़िंदगी खतरे में पड़ जाएगी और आप घर से बाहर नहीं निकल सकेंगे। आप ज़ेबुन्निसा के बारे में फिल्म न ही बनाएं तो अच्छा है, क्योंकि वह औरंगजेब की बेटी थी और इसलिए सीज़र की पत्नी की तरह तमाम संदेहों और शंकाओं से ऊपर। आकिल खां गवर्नर मुल्तान से उनकी मुहब्बत को न सिर्फ संदेहास्पद समझा जाएगा, बल्कि उसकी सेहत, मेरा मतलब है, किस्से की सेहत को बेहूदा करार दिया जाएगा। आप दूर क्यों जाते हैं, हाल ही में सत्यजित राय ने, जिन्हें दुनिया एक बड़े डायरेक्टर की हैसियत से मानती है, एक फिल्म बनाई, जिसमें एक नर्स दिखाई गई जो अपने घर के हालात से मजबूर होकर रात को धंधा करती है। अब वह एक व्यक्ति-मात्र थी, जिसका सामूहिक रूप से नर्स-पेशा औरतों से कोई सम्बन्ध नहीं था, पर इसपर भी हंगामा बरपा हो गया। नर्सों ने आंदोलन

चलाया और श्री रे को उनसे माफी मांगनी पड़ी। मैं पूछता हूं, क्या यह अजीब बात नहीं कि एक तरफ लोग 'मिर्ज़ा गालिब' और 'संस्कार' जैसी फिल्मों के खिलाफ संघर्ष करते हैं और दूसरी तरफ भारत सरकार उन्हें साल की बेहतरीन फिल्में करार देती है। इसके बनाने वाले को राष्ट्रपति अपने हाथों से स्वर्ण-पदक और मानपत्र प्रदान करते है।

सामाजिक फिल्म अपने यहां बनाने में देश की परिस्थितियां बहुत आड़े आती हैं। भिन्न गिरोह, सम्प्रदाय और हित तो एक तरफ, खुद सरकार भी इस अपराध से बरी नहीं। उदाहरण के लिए सरकार की निश्चित नीति अहिंसा है। लेकिन इसको क्या कीजिएगा कि कई हिंसा इस्तेमाल करने वालों को हमने अपना मार्गदर्शक माना है, उनके सामने सिर झुकाया है और उनके सेहरे गाए हैं। मैं शहीद भगतसिंह की मिसाल आपके सामने रखता हूं। शहीद भगतसिंह अव्वल और आखिर क्रान्तिकारी थे। वह मन से समाजवादी थे और उनका विश्वास था कि बल-प्रयोग के बिना ब्रिटिश साम्राज्य का तख्ता उलटना सम्भव नहीं है। अब आप उनके बारे में फिल्म बनाएं तो एक तरफ उनको उनके साथी भगवतीचरण की पत्नी को बार-बार भाभी कहकर प्रच्छन्न सेक्स की तरफ इशारा करना पड़ेगा और दूसरी तरफ उनके असेम्बली में बम फेंकने की घटना को या तो छोड़ देना होगा या फिर उसकी व्याख्या यों करनी होगी कि वह सिर्फ साम्राज्य को चौंकाना चाहते थे। तभी एक अंतर्विरोध पैदा हो जाएगा कि क्या लाहौर में सुपरिटेंडेंट पुलिस सांडर्स की हत्या भी उन्होंने अंग्रेज़ों को चौंकाने के लिए की थी? अगर आप इन घटनाओं को ऐसे ही दिखाएंगे जैसाकि वे घटित हुई तो आप आक्रोश का निशाना बनेंगे, क्योंकि देश में कई ऐसे गिरोह हैं, जो गोली-बंदूक में विश्वास रखते हैं और सरकार की नीति ऐसी है। कि वह धमाका भी बर्दाश्त नहीं कर सकती। वरना उन करोड़ों नौजवानों का क्या होगा जो दिन-रात यूनिवर्सिटी कैम्पस में ऊधम मचाते रहते हैं?

यह इतिहास को विकृत करने वाली बात होगी कि हम कहें कि हिन्दुस्तान को आज़ादी सिर्फ अहिंसा की नीति के कारण मिली। इसमें रायल नेवी के नाविकों का भी हाथ था जिन्होंने निकृष्ट

भोजन और दुर्व्यवहार के बहाने हिन्दुस्तान की आज़ादी के लिए लड़ाई लड़ी, विद्रोह किया और बम्बई की गलियों में अंग्रेज़ की गोलियों से शहीद हुए। जलियां वाला बाग के बीसियों साल बाद ऊधमसिंह ने लंदन पहुंचकर सर माईकल ओ'ड्वायर को गोली मार दी और हमारे राष्ट्रीय अपमान का बदला लिया। लेकिन आप इस सामाजिक और ऐतिहासिक सत्य को मुसीबत में आए बगैर नहीं दिखा सकते, इसलिए कि ब्रिटेन के साथ हमारे कामन-वेल्थ सम्बन्ध हैं, जो वर्तमान अंतर्राष्ट्रीय परिस्थितियों को देखते हुए हम किसी तरह नहीं बिगाड़ सकते। हम हकीकत की आंखों में नहीं घूर सकते।।

सामाजिक फिल्म बनाते समय हम हर कदम पर ऐसे बीसियों खतरों से दो-चार होते हैं। आप राष्ट्रीय एकता पर फिल्म बना रहे हों तो आपमें हिम्मत नहीं होगी कि रांची, भिमडी और मालीगांव की घटनाओं को उनके सही रूप में प्रस्तुत कर सकें, क्योंकि उनमें एक धर्म या सम्प्रदाय ने दूसरे पर वहशियाना ज़ुल्म ढाए थे। आप साम्प्रदायिक दंगे दिखाते हैं तो आपके लिए ज़रूरी है कि जहां दो हिन्दू मरे हों वहां दो मुसलमान मारके दिखाएं। इसपर भी न हिन्दुओं की तसल्ली होगी और न मुसलमानों की। दोनों आपसे अप्रसन्न, दोनों नाराज़ और इसपर आपको सेंसर सर्टीफिकेट लेने में तकलीफ होगी। तो यह आप विद्यार्थियों के वर्तमान हड़कम्प का भी नहीं टटोल सकते। उनके आक्रोश और विद्रोह तक पहुंचने की कोशिश नहीं कर सकते। यूनिवर्सिटी कैम्पस में आज जो हो रहा है, आखिर है क्या? क्या सिर्फ यह बात है कि आजकल नौजवानों का दिमाग फिर गया है? वे अपना असल मकसद छोड़कर संन्यासी होते जा रहे हैं या वे विभिन्न राजनैतिक दलों के हथकंडों का शिकार हैं? आखिर इस मार-धाड़ का कारण क्या है? ये भी तो गांधीजी को मानते हैं। फिर क्यों ये लोग एकाएकी उमड़कर मार-काट करने लगते हैं? इन बातों की तह में जाना और उनके बारे में फिल्म बनाना मुश्किल ही नहीं, नामुमकिन है। ऐसा करेंगे तो कई हज़ारों के पांव पर आपके पांव पड़ेंगे और वे सब हैं बड़ी पहुंच वाले। इसलिए आप सिर्फ गोल-गोल दाल वाली बातें कीजिए। पांच-छः गाने डाल दीजिए, दो-चार नाच। मां-बाप, बेटे-बेटियों

को बचपन ही से बिछड़वा दीजिए ताकि बड़ा भाई जवान होकर पुलिस इंस्पेक्टर हो जाए। अनजाने ही में अपने छोटे भाई को मुलज़िम के तौर पर अदालत में पेश करे और यह बाद में पता चले कि जज इन दोनों का बाप था और मां, जो बेटे के खिलाफ गवाही दे रही है, उसकी बीवी थी। फिर तो बाप के लिए मुश्किल हो जाए, मां के लिए मुसीबत। नौजवानों के बारे में फिल्म बनाइए तो सिर्फ यहीं तक पहुंचिए कि बड़ों का इश्क इश्क था और छोटों की मुहब्बत बदमाशी और बदकारी। उसे 'उचित' मत लिखिए कि श्रीमद्भागवत से लेकर उन तक स्त्री और पुरुषों के बीच क्या-क्या गर्दानें हुई। सिर्फ इतना ही काफी है कि चंद मुसीबतों में पड़े बड़ों के पास कोई समय नहीं है। वे उन्हें राजनीतिक और वैद्यानिक नहीं समझते और अगर समझते हैं तो अपने ही उलटे अर्थ पहनाते हैं।

अब आप इस बदनाम शब्द 'सेक्स' पर आ जाइए। हमारा समाज यह तो सहन कर सकता है कि राका और राके नाचते हुए एक पेड़ के गिर्द या मोटर में बीसियों उत्कृष्ट और नैतिकता से गिरी हुई हरकतें करें, लेकिन बाग में जो प्यार करनेवाले का अपनी प्यारी को पहला उपहार है, वह उसे सह्य नहीं है। हम अपनी फिल्मों में दो, तीन, चार रीले सिर्फ यह साबित करने के लिए लेते हैं कि राजू को राधा से मुहब्बत थी। लेकिन मानसिक बात जो चंद सेकंड में सिद्ध हो सकती है, पूरी सभ्यता उसके विरुद्ध है, हमारा समाज इस बात की इजाज़त नहीं देता। खजुराहो, कोणार्क के वारिस यह बात कहते हैं और बार-बार कहते हैं— असल मकसद तो यह था कि इस क्रिया को ढके-छिपे ढंग से पेश किया जाए और फिल्म जो किसी हद तक आर्ट भी है, कमर्शल और पेशावरों के हाथों से निकलती जाए। लेकिन व्यावहारिक रूप से ऐसा होता है कि चंद दृश्यों को फिल्माने की इजाज़त अच्छे और बड़े फिल्म-साज़ों को बराबर नहीं है। यों सेंसर ने अपने लिए गुंजाइश रखी है कि हर फिल्म और उसमें होने वाली घटनाओं को बनाने वाले की नीयत और घटना के संदर्भ में देखा जाएगा; लेकिन वास्तव में ऐसा नहीं होता। एक क्षण के लिए मान भी लिया जाए कि सेंसर के चौधरी बड़े दिल वाले हैं; मगर उनका क्या कीजिएगा, जो पब्लिक के स्तर पर तस्वीर को पास करने के सिलसिले में

पहले देखते हैं और जिनकी साहित्यिक रुचि विचारणीय है और जो बार-बार इस बात का दावा करते हैं, "मैं फिल्म नहीं लिखता, न देखता।"

उदाहरण के लिए मैं एक फिल्म बनाता हूं जिसका बुनियादी खयाल है कि बालिग होते हुए बच्चे को काम-शिक्षा देनी चाहिए और उसे उन तमाम खतरों से सतर्क करना चाहिए जो पैदा हो सकते हैं। अब स्पष्ट है कि अगर मैं लड़के और लड़की के सिलसिले में कोई लगज़श नहीं दिखाऊंगा तो ड्रामा पैदा नहीं होगा। और दिखाऊंगा तो उसका हल मुझे वही पेश करना पड़ेगा जो स्वीकार्य है और वह नहीं जो वैज्ञानिक है।

हाल ही की बात है, मैं एक फिल्म बना रहा था, जो मनोवैज्ञानिक थी। होता यह है कि एक स्त्री का पति किसी और लड़की के कारण घर छोड़कर भाग जाता है। उसके जाने के बाद इस औरत के एक बच्ची पैदा होती है। जवान होकर वह शादी करती है, पर मां बेटी के साथ यों चिपक जाती है कि दामाद के लिए सांस लेना मुश्किल हो जाता है। एक दिन ऐसा आता है कि वह अपनी बेटी और दामाद को एक-दूसरे के बाज़ुओं में देख लेती है और एक क्षण के लिए अपने-आपको अपनी बेटी की जगह प्रोजेक्ट कर देती है।

इंसान अपने दिमाग में कई बार ऐसी-ऐसी बातें सोच लेता है, जो सामाजिक अथवा नैतिक दृष्टि से स्वीकार्य नहीं। लेकिन यह हकीकत है कि वह समझ लेता है। चाहे इसके बाद वह अपने-आप को बहुत बड़ा पापी और गुनहगार समझे। अतएव ऐसा ही होता है। सास एक क्षण के लिए रुक तो जाती है, पर तुरन्त ही चौंककर पीछे हट जाती है और पाप-भावना से ओतप्रोत मंदिर में जाकर भजन गाने लगती है—'मोरे तो गिरधर गोपाल दूजा नहीं कोय!'

इस दृश्य को फिल्माया था कि मेरी हीरोइन ने उसपर एतराज़ किया, "यह कैसे हो सकता है?" मैंने कहा, "होता है, मैंडम! और फिर जब मैं यह दिखाता हूं कि वह एक अपराधी की भावना से पीड़ित सेट से चली जाती है तो फिर आपको क्या एतराज़ है?" मैडम ने वह सीन कर तो दिया, पर सोचती रही कि इसपर पब्लिक से जूते पड़ेंगे। मैंने इसपर भी कहा कि जूते जो पड़ेंगे, आप मुझे भेज दीजिए, मेरे अपने जूते पुराने हो गए, बल्कि फट चुके हैं।

सामाजिक फिल्म बनाने वाले की हैसियत उस औरत के समान है जो गरारा पहने हुए किसी पार्टी में गई और जब लौटी तो बरसात हो चुकी थी और घर के सामने पानी ही पानी था। उसके मर्द ने सर वाल्टर रैले की तरह रास्ते में ईंटें और सिलें रख दीं और वह गरारे को संभालती हुई चली। लेकिन उसे क्या मालूम था कि एक ईंट टेढ़ी रखी हुई है। वह धप् से पानी में गिरी—गरारे समेत ···सावधानी उसे ले डूबी। ना बाबा! सामाजिक फिल्म बनाना बड़ा जोखिम है। चारों तरफ से आप नंगे हैं। यही नहीं बल्कि बदन पर खाल भी नहीं और नमक की खान में से गुज़रना पड़ रहा है।

फिल्में सामाजिक और दूसरी किन हालात में बनती हैं, इसका आपको अंदाज़ा नहीं। नाम की हमें पूरी आज़ादी है, जिससे हाफिज़ का शे'र याद आ जाता है :

दरम्याने-कअर, तख्त बंदम करदाई
बाज़ी गोइद कि दामन तर होशियार काश।

दरिया में ऐन भंवर के बीच तुमने मुझे एक तख्ते पर खड़ा कर दिया और उसपर यह भी कह दिया कि होशियार रहो, दामन न भीगे।

बब्बल

[एक लम्बी कहानी]

बब्बल

दरबारीलाल, शाम घर में ही बैठा, सीता के साथ बेकार हो रहा था।

किसीके साथ बेकार होना उस हालत को कहते हैं, जब आदमी देखने में 'ईवनिंग न्यूज़' या गालिब की गज़लें पढ़ रहा हो, लेकिन खयालों में किसी सीता के साथ गर्क हो।

सीता ने तो कहा था, वह ठीक छः बजे अरोरा सिनेमा की तरफ से आने वाली सड़क के मोड़ पर खड़ी होगी। उसकी साड़ी का रंग कासनी होगा, लेकिन···

दरबारी किंग्ज़ सर्किल में रहता था, जिसका नाम अब महेश्वरी उद्यान हो गया है। वह लाउडस्पीकरों की एक फर्म में काम करता था। आमदनी तो कोई खास नहीं थी, लेकिन पैसे की कोई कमी भी न थी। बाप मेहता गिरधारीलाल ने एक ही दिन की फारवर्ड ट्रेडिंग में तीन-चार लाख रुपये बना लिए थे और फिर एकाएकी हाथ खींच लिए, जो अब तक खिंचे हुए थे। आज भी काटन एक्स-चेंज में उनका कोई साथी मेहता साहब के मक्खन में से बाल की तरह से निकल जाने पर गालियां देता, तो वे जवाब में हंस देते— ऐसी हंसी, जो आदमी तीन-चार लाख रुपया अन्दर डालकर ही हंस सकता है।

फिर, बड़े भाई बिहारीलाल की शादी मारवाड़ियों के घर में हुई थी, जिन्होंने बीस सेर सोने के कड़े अपनी लड़की के हाथों में डाले और यों उसे दरबारी की भाभी बनाया। बरस एक बाद दरबारी की अपनी बहन, सतवन्ती नार, एक लखपती इस्माइली

सालेह मुहम्मद के साथ भाग गई और निकाह कर लिया। गली, मोहल्ले, पूरे शहर में हंगामा हुआ। बरसों मेहता साहब ने लड़की और दामाद दोनों को प्रेमकुटीर, अपने घर में घुसने नही दिया। आखिर मान-मनौती हो गई। लड़के के रिश्तेदार कहते थे, लड़की को मुशर्रफ-ब-इस्लाम किया गया है (मुसलमान बनाया गया है) और उसका नाम कनीज़ फातिमा है, और मेहता साहब कहते थे, लड़के को शुद्ध करने के बाद उसका नाम सरदारी मोहन रखा गया है। लेकिन सरदारी मोहन या सालेह मुहम्मद अपना नाम हमेशा एस० एम० नवाब ही लिखा करता। चूंकि लड़की की इस नीच हरकत पर गुस्सा निकालने का और कोई ज़रिया न था इस-लिए दरबारीलाल के दरबारी जब भी सतवन्ती नार के पति यानी शौहर से मिलते, तो यही कहते, क्यों बे, सालेह˙˙˙?"

आज सालेह या सरदारी और सतवन्ती दोनों घर पर थे और उनके दो बच्चे भी। इसपर बिहारी और भाभी गुणवन्ती ने मिल-कर दरबारी की शादी का मसला छेड़ दिया। औरतें आदर्श पुरुष और मर्द आदर्श स्त्री की बातें करते-करते आपस में उलझने लगे। दरबारी बरामदे में बैठा अपने बारे में सारी गुफ्तगू सुन रहा था। एकाएकी वह लपका और अपने मुंह के लाउडस्पीकर को खिड़की में से अन्दर करते हुए बोला, "मैं, दरबारीलाल मेहता, वल्द गिरधारीलाल मेहता, साकिन बम्बई, हरगिज़-हरगिज़ शादी नहीं करूंगा!" ˙˙˙सब इस आवाज़ पर चौंक गए।

दरबारीलाल वापस अपनी जगह पर आकर 'ईवनिंग न्यूज़' के वरके उलटने लगा और फिर अरोरा सिनेमा की तरफ से घर को मुड़ती हुई सड़क पर देखने लगा, जहां उसे कासनी रंग की साड़ी की तलाश थी।

अन्दर सब हंस रहे थे। मां भी उसमें आकर शामिल हो गई थी। दरबारी घर-भर का बांका था। जिस तरीके से वह बालों में हेयर टॉनिक लगाता, मेहनत से उनको बिठाता, कैंची लेकर आईने के सामने घण्टा-घण्टा, दो-दो घण्टे मूछों की नोक निकालने में सर्फ करता, सब बांकेपन की दलीलें ही तो थीं। बात दरअसल यह है कि शादी से पहले, उम्र के इस हिस्से में लड़के लड़कियों की सी हरकतें करने लगते हैं और लड़कियां लड़कों की सी। फिर शादी

होती है, आपस में मिलते हैं, तब कहीं जाकर अपना-अपना काम संभालते हैं ···दरबारी की इन हरकतों को देखकर घर की औरतें कहती थीं, ये सब शादी की निशानियां हैं और मर्द कहते थे, बर-बादी की।

बरामदे में सिख बढ़ई ने जाली लगाने का काम आज ही शुरू किया था। वह दिन-भर एक बेशक्ल, बेडौल और खुरदरी-सी लकड़ी को छीलता, उसपर रन्दा करता रहा था और इसीलिए सारे घर में लकड़ी के छिलके और चैलियां बिखरी हुई थीं और पैरों से लग रही थीं··· तभी सामने, डान बास्को स्कूल में घण्टी बजी और सफेद-सफेद कमीज़ और नीली-नीली नेकरें पहने हुए लड़के, एक-दूसरे पर गिरते-पड़ते, होस्टल के कमरों से निकले। शायद वे संध्या की प्रार्थना के लिए गिर्जे की तरफ जा रहे थे। स्कूल के ग्राउंड में लम्बा-सा फरगल पहने, अभी तक फादर बच्चों को फुटबाल खिला रहा था। उसने भी सीटी बजा दी, खेल खत्म कर दिया, मगर सीता न आई···

सीता की बजाय उलटी तरफ से मिसरी चली आई। हमेशा की तरह आज भी उसकी गोद में बच्चा था—बब्बल।

बच्चा अगर तन्दुरुस्त हो तो दुनिया की सबसे प्यारी चीज़ होती है और बब्बल ऐसा ही बच्चा था—गोल-मटोल, नरम-नरम जैसे स्पंज का बना हुआ। उसने यों तो कई दांत निकाल लिए थे, लेकिन नीचे के दो दांत औरों की निस्तब बड़े थे। कमीना हंसता तो वाल्ट डिज़नी का खरगोश मालूम होता! आज तक कोई ऐसा दिखाई न दिया, जिसने बब्बल को हंसते देखकर बेअख्तियार न हंस दिया हो।

"बब्बल!" दरबारी ने पुकारा और हाथ बच्चे की तरफ फैला दिए।

मैं तो कहता हूं, सूरज की किरन भी किसी गुलज़ार पर इस तरह से नहीं खेलती जैसे मुस्कराहट बच्चे के चेहरे पर खेल जाती है। मुस्कराते हुए बब्बल ने दरबारी की तरफ देखा और अन्दर की किसी बेबस-सी उत्तेजना से एकाएकी दरबारी की तरफ हुमकना शुरू कर दिया। अब वह अपनी मां, मिसरी से संभाला न जा रहा था।

"ठहरो!" दरबारी ने कहा और कुरमुरा लेने के लिए अन्दर लपक गया। वह भूल ही गया कि सीता आएगी और चली जाएगी।

बच्चे उस सब्र को नहीं जानते जो तहज़ीब के साथ आता है। बब्बल के चेहरे पर एक सीधी-सच्ची मायूसी की लहर दौड़ गई और पल-भर में वह यों महसूस करने लगा जैसे कह रहा हो—यह सारी दुनिया धोखा है। फिर जैसे वह मायूस हुआ था, ऐसे ही दरबारी को आते देखकर खुश भी हो गया।

बब्बल की मां, मिसरी एक भिखारिन थी। तंगी के कारण इतनी छोटी-सी उम्र में उसने बब्बल को भीख मांगने का फन सिखा दिया था। बाज़ार में जाती हुई वह बाबू किस्म के किसी भी आदमी के पास खड़ी हो जाती और बब्बल एक सधे हुए ऐक्टर की तरह उस आदमी की धोती या कमीज़ को खींचने लगता और उसे चीज़ की तरफ इशारा करने लगता, जिसकी उसे इच्छा होती। आदमी देखता, नज़रें बचाता, फिर देखता और बेअख्तियार वह चीज़ खरीदकर बब्बल के हाथ में थमा देता। मिसरी, बाबू के चले जाने के बाद बब्बल के हाथ से वह चीज़ ले लेती और दुकानदार को वापस करके पैसे खरे कर लेती, बबल रोता-चिल्लाता रह जाता।

लेकिन दरबारी के साथ बब्बल और उसकी मां मिसरी का रिश्ता ऐसा न था। कुरमुरा लेकर उसे बेचने का सवाल ही कहां पैदा होता था! कुरमुरे के साथ मिसरी को सीधे दुअन्नी या चवन्नी मिल जाती थी जिससे बब्बल को कोई दिलचस्पी न थी। उसे तो अपना कुरमुरा चाहिए था, जिसे मां नहीं छीनती थी और न किसी दुकानदार को देती थी। कुरमुरा वह सीधा मुंह में डाल लेता और दांतों में पपोलते हुए हुमक-हुमककर, उछल-उछलकर अपनी प्रसन्नता को प्रकट करता। आज जब दरबारी ने बब्बल को गोद में उठाया, तो एक ही बार में कुरमुरे से मुट्ठी भरते ही वह मां की तरफ लौटने, लपकने लगा। दरबारी चौंका। कहते हैं ना, आदमी अच्छा है या बुरा, बच्चे को सब पता चल जाता है! एक क्षण के लिए दरबारी ने सोचा—मेरे मन में क्या पाप है, बब्बल इसे जानता है? दरबारी ने बब्बल को बहुत रोका, प्यार-दुलार की कोशिश की, लेकिन वह भला कहां मानने वाला था! ऊं-ऊं

करता हुआ वह तो जैसे मां की तरफ गिरा ही जा रहा था।

दरबारी ने कहा, "कमीने···साले···"

अन्दर से सालेह या सरदारी बोला, "क्या हुक्म है, हुज़ूर?"

"आपको अर्ज़ नहीं किया, फैजगंजूर!" दरबारी ने अन्दर की तरफ मुंह करते हुए जवाब दिया और फिर बब्बल के प्यारे, दुलारे-से गालों पर चपत लगाते उसे मां को लौटाते हुए बोला, "इतना खुदगर्ज़! ···सलाम न दुआ, शुक्रिया न धन्यवाद···काम निकल गया, तो अब तू कौन और मैं कौन?"

मिसरी, फुटपाथ की ज़िन्दगी ने शर्म और पर्दे को जिसके लिए एक तकल्लुफ बना दिया था, बेबाकी से बोली, "ये सब ऐसे ही होते हैं, बाबूजी!" और फिर बब्बल को छाती में छिपाती, वहीं खड़ी अपनी दुअन्नी या चवन्नी का इंतज़ार करने लगी।

बब्बल हमेशा की तरह अलिफ नहीं तो बे, नंगा ज़रूर था, क्योंकि बदन पर कमर के नजदीक वह एक काला-सा तागा पहने हुए था जिसमें एक ताबीज़ लटक रहा था। इस लिबास में खुश, मां के पास पहुंचते ही उसने अपना मुंह मिसरी की बड़ी-बड़ी छातियों में छिपा दिया जो दुनिया-भर के बच्चों के लिए सबसे अधिक सुरक्षित जगह होती है, जहां पर एक बार पहुंचकर वह एक बहुत बड़े विजेता की तरह मुड़कर देखता है, इस एहसास के साथ जैसे वह किसी बहुत बड़े किले में पहुंच गया है जहां न तो कोई दुश्मन और न कोई दोस्त उसे किसी किस्म का नुकसान पहुंचा सकता है।

मिसरी एक पक्के, बल्कि काले रंग की एक जवान औरत थी और बब्बल गोरा-चिट्टा।···यह कैसे हुआ? दरबारी ने कभी न पूछा। वह समझता था, ये बेचारी, गरीब औरतें कितनी बेसहारा होती हैं! अस्मत इनके लिए ऐसे ही होती है जैसे दरिद्र के लिए आइसक्रीम बार में 'कसारा'···सड़क के किनारे पड़ी हुई मिसरी को कोई बाबू आठ आने, रुपये के एवज़ बब्बल दे गया होगा। वह ज़रूर उन लोगों में से होगा जो अपने अमृत-बिन्दुओं की बेकद्री करते हैं और ज़िन्दगीको ज़लील···जिन्हें इस बात की भी परवाह नहीं कि लड़का हुआ तो ज़िंदगी-भर उनका लहू अपना गोश्त-पोश्त, अपने दादा का परपोता, अपना बेटा भीख मांगता फिरेगा, औरतों की

दलाली करेगा और लड़की होगी, तो अपने पितरों की पत को बेचेगी, पेशा करेगी।

"आपके पास तो फिर भी चला आता है, बाबूजी," मिसरी बोली, "नहीं, यह हलकट··· किसी मर्द के पास नहीं जाता।"

"क्यों, क्यों?" दरबारी ने हैरान होकर पूछा।

"मालूम नहीं," मिसरी कहने लगी और फिर प्यार से बब्बल की तरफ देखती हुई बोली, "हां, औरतों के पास चला जाता है।"

दरबारी जी खोलके हंसा, "बदमाश है ना···अभी से औरतों की चाट लगी है, बड़ा होकर तो कयामत ढाएगा!"

मिसरी खूब शरमाई और खूब ही इतराई। उसे यों लगा जैसे वह अपनी गोद में अनगिनत गोपियों वाले कन्हैया को खिला रही है। और मिसरी की कल्पना में जो गोपियां थीं, वह खुद भी उनमें से एक थी। जैसे बब्बल मिसरी का मन था और मिसरी की अपनी वृत्तियां उसके इर्द-गिर्द नाच रही थीं···बब्बल अभी एक गोपी के साथ, फिर अनेक के साथ!

दरबारी ने जो मिसरीबाई के साथ थोड़ी-सी आज़ादी ली थी, उससे घबराकर पूछ बैठा, "इसका बाप क्या काम करता है, मिसरी?"

"इसका बाप?" मिसरी को जैसे सोचने में वक्त लगा, "नहीं है।"

इस जवाब में बहुत-सी बातें थीं। यह भी था कि वह मर चुका है और यह भी कि मरने से भी बदतर हो गया है। मिसरी कहीं दूर देखने लगी और फिर दरबारीलाल की निगाहों के अफसोस को दूर करते हुए बोली, "एक बार वह फिर आया था···मुझे यों ही लगा, जैसे वही है। लेकिन···मैं क्या कह सकती थी, बाबूजी! ···मैंने तो उसे जी भरकर देखा भी नहीं था···जब तक मैंने इस बच्चे को कोई नाम नहीं रखा था, कभी गोपू, कभी नारयां कहके पुकारती थी। तभी उसने इसके हाथ पर पांच का एक नोट रखा और बड़े प्यार से पुकारा—'बब्बल!' तब से मैंने इसका नाम बब्बल रख दिया है।"

और मिसरी फिर सोचने लगी, 'इसका बाप न होता, तो पांच रुपये देता?'

दरबारी भी सोचने लगा, 'हो सकता है वह आदमी नहीं··· पांच रुपये का नोट ही इस बच्चे का बाप हो।'

दरबारी ने आज अठन्नी मिसरी के हाथ पर रखने की बजाय बब्बल के हाथ पर रख दी। बब्बल ने सिक्के को हाथ में लिया, ज़ोर-ज़ोर से बाज़ू को हुमकाया और फिर उसे फेंक दिया।

अठन्नी सड़क पर के मेन-होल में गिरने ही वाली थी कि जैसे मिसरी की तकदीर को, एक खुश्क-से आम के छिलके ने उसे रोक दिया। मिसरी ने झुककर अठन्नी उठाई और बब्बल को सीने के साथ लिपटाते हुए बोली, "लुच्चा है ना···" और फिर से चूमते हुए वह दरबारीलाल से बोली, "सच पूछो, बाबूजी! तो मेरा मर्द यही है, बब्बल!"

"तेरा मर्द···"

"हां," मिसरी ने बब्बल को संभाला जो अपनी मां के सिर पर से पल्लू खींच रहा था और कहने लगी, "यह अभी से कमाता है, तब मैं खाती हूं।"

मिसरी बहुत बातूनी है। वह और भी बहुत कुछ कहती, बब्बल और भी कुरमुरा मांगता, लेकिन दरबारी को अपनी नज़रों के क्षितिज पर कासनी रंग लहराता हुआ नज़र आया। उसने जल्दी से मिसरी के आबनूसी हुस्न और बब्बल की गोरी-चिट्टी मासूमियत को झटक दिया और, "मैं चला सालेह भाई···अच्छा भाभी!" कहकर वह ज़ल्दी से बाहर निकल गया। अभी वह सड़क पर पहुंचा भी न था कि पतलून के पायंचे में उसे लकड़ी के छिलके अड़े हुए दिखाई दिए जिन्हें दरबारी ने झुककर बाहर फेंका और सीता के पास जा पहुंचा।

शिवाजी पार्क में समन्दर के किनारे, क्लब और भेल-पूरी वालों से कुछ दूर हटकर दरबारी और सीता एक दीवार का सहारा लेकर बैठ गए।

सीता अठारह-उन्नीस बरस की एक लड़की थी जिसकी मां तो थी पर बाप मर चुका था। घर की हालत कोई इतनी खराब भी न थी, क्योंकि मकान अपना था जिसके किरायेदारों से कभी किराया वसूल होता था और कभी नहीं। सीता की मां लछमनदेई यों तो

अपनी बेटी की शादी करना चाहती थी, लेकिन शादी से ज़्यादा उसे इस बात का खयाल था कि कोई ऐसा आए जो हर महीने अपने 'रोआब' से किराया उगाहे ताकि, सीता के कहने के मुताबिक, दरवाज़े पर हर महीने जो भेड़िया दिखाई देता है, नज़र न आए और जीना सरल हो जाए। लछमनदेई से सीता ने दरबारी की बात भी की। पहले तो वह शक और वसवसे का इज़हार करने लगी, लेकिन जब उसे पता चला कि दरबारी का पूरा नाम दरबारीलाल मेहता है। तो उसने झट से इजाज़त दे दी, क्योंकि बम्बई में जो लोग मकानों का किराया उगाहते हैं उन्हें मेहता बोलते हैं।

सीता का कद दरमियाना था, लेकिन बदन का गठन ऐसा जो मर्दों के दिल में जज़्बे जगा दिया करता और कोई बेखुद-सी सीटी उनके होंठों पर चली आती। चेहरे की तराश-खराश अच्छी थी, लेकिन उसका पास आने से ही पता चलता था। पलकें कुछ नम-सी रहतीं, क्योंकि सीता की आंखें थोड़ा अन्दर धंसी हुई थीं और उनके बचाव के लिए पलकों को झुकना पड़ता था। लेकिन यह इन धंसी हुई आंखों की ही वजह से था कि सीता मर्द के दिल में बहुत दूर तक देख सकती थी। वह किसीको कुछ कहे या न कहे, यह अलग बात थी, लेकिन जानती वह सब थी।

हां, सीता के बाल बहुत लम्बे थे जिनके कारण दरबारी उससे पूछा करता, "तुम्हारे घर में कोई किसी बंगालिन को भी ब्याहकर लाया था?"

और सीता कहती, "मैं खुद जो हूं बंगालिन··· मेरा नाम सीता मज़ूमदार है···" और फिर वह हंसने लगती। सीता खुश थी कि उसका कद सिर्फ इतना है जिससे वह अपने हसीन, काले, चमकीले और लचकीले बालों वाले सिर को दरबारी की छाती पर रख सकती है और अपने अस्तित्व की आत्मा तक को किसीको अर्पण करके अपने सारे दुःख भूल सकती है और थोड़े-से अन्तर से वह पति और पिता को एक कर सकती है।

दीवार की ओट में बैठा हुआ दरबारी सीता से प्यार कर रहा था। सीता न चाहती थी कि उसका प्यार अपनी भी हद से गुज़र जाए। कमर के गिर्द हाथ पड़ते ही सीता चौकन्नी होने लगी। उसने दरबारी को बातों में लगाना चाहा। ब्लाउज़ में से उसने एक छोटी-

सी चांदी की डिबिया निकाली और दरबारी के पास मुंह करती हुई बोली, "देखो··· मैं तुम्हारे लिए क्या लाई हूं!"

"क्या लाई हो?" दरबारी ने पूछा और अनजाने में सीता की कमर से हाथ निकालकर डिविया की तरफ बढ़ा दिया।

सीता ने डिबिया को परे हटा लिया और बोली, "ऐसे नहीं··· मैं खुद दिखाऊंगी।" और फिर उसे दरबारी की नाक के पास करती हुई बोली, "सूंघो!"

दुर्भाग्य से दरबारी ने डिबिया को सूंघ लिया और उसे छींके आने लगीं।

मुहब्बत का सारा खेल रुक गया। दरबारी छींक पर छींक मार रहा था और जेब से रूमाल निकालकर बार-बार अपनी नाक को पोंछ रहा था और सीता पास बैठी हंसती जा रही थी।

"यह···" दरबारी ने कहा और फिर छींकते हुए बोला, "क्या मज़ाक है?"

सीता कहने लगी, "तुम इसे मज़ाक कहते हो? ···बीस रुपये तोले की नसवार है!"

"नसवार?"

"हां,' सीता बोली, "तुम छींकते हो, तो मुझे बड़े अच्छे लगते हो।"

दरबारी ने सीता की तरफ यों देखा जैसे कोई किसी पागल की तरफ देखता है। सीता ने प्यारभरी निगाह उसपर डाली और कहने लगी, "याद है, पहली बार तुम मुझे कहां मिले थे?"

"याद नहीं," दरबारी ने सिर हिलाते हुए कहा, "सिर्फ इतना ही पता है, तुमसे कहीं पहली बार मिला था।"

"वहां," सीता ने सामने महात्मा गांधी स्वीमिंग पूल की तरफ इशारा करते हुए कहा, "तुम नहा रहे थे और छींक रहे थे। मेरे साथ तीन-चार लड़कियां और भी थीं। उस दिन दफ्तर में आधे दिन की छुट्टी हो गई थी और हम यों ही घूमती-घामती उधर जा निकलीं···"

"उधर क्यों?"

"यों ही," सीता ने कहा, "छुट्टी होते ही न जाने हम सब लड़कियों को क्या होने लगता है! हम घर बैठ ही नहीं सकतीं। ऐसे ही बाहर निकल जाती हैं जैसे कुछ होने वाला है। फिर होता-

हवाता कुछ नहीं, तभी पता चलता है—हम कोकाकोला पी रही हैं।"

सीता हंसी तो साथ दरबारी ने भी हंस दिया। वह अपनी बात जारी रखते हुए कहने लगी, "हम सब तुम्हारी तरफ देख-देखकर हंस रही थीं, क्योंकि तुम छींकते हुए बोर्ड से फव्वारे तक और फव्वारे से किनारे तक आ-जा रहे थे और ऐसा करने में सिर से पैर तक दुहरे-तिहरे हुए जाते थे—बच्चे की तरह। मेरा जी चाहा, भागके तुम्हें पकड़ लूं और पल्लू से तुम्हारा मुंह, तुम्हारी नाक पोंछूं और पीछे एक चपत लगाके कहूं, 'अब जाओ खेलो···।'"

दरबारी जैसे एक ही बात सोच रहा था, "दूसरी लड़कियां कौन थीं?"

"एक तो कुमुद थी," सीता बोली, "दूसरी जूली" वहां, खाड़ी के पार माउण्ट मेरी के पास रहती है। तीसरी···" और फिर एका-एकी रुकते हुए कहने लगी, "तुम क्यों पूछ रहे हो?"

"ऐसे ही," दरबारी ने जवाब दिया, "तुम्हारी सहेलियां तुम्हारी जूती की भी रीस नहीं करतीं।"

"तुमने देखी हैं ना?"

"देखीं तो नहीं।"

सीता का चेहरा, जो थोड़ा खिल उठा था, फीका पड़ गया। वह सामने देखते हुए बोला, "आज दिन डूबता ही नहीं।"

समन्दर में ज्वार शुरू हो चुका था। लहरें किनारों की तरफ बढ़ रही थीं और अपने साथ भेल-पूरी की बेशुमार पत्तलें, गंडेरी और मूंगफली के छिलके, नारियल के खोल ला रही थीं। फिर बीच में क़हीं कोयले भी दिखाई देते थे जो दूर, अन्दर, स्टीम बोटों और बड़े-बड़े जहाज़ों ने अपना गम हलका करने के लिए समन्दर में फेंक दिए थे। तेल का इल्ज़ाम भी खुश्की पर टाल दिया था और उनका खाली किया डीज़ल बरेते पर पहुंचकर उसके एक बड़े-से हिस्से को चिकना और स्याह बना रहा था। सीता ने मुड़-कर देखा, दरबारी कुछ अज़ीब नज़रों से उसकी तरफ देख रहा था। स्याहियों के झुण्ड उसके चिकने चेहरे पर छूट रहे थे।

दिन डूब रहा था। उसने अपने लम्बे-लम्बे बाज़ू दुनिया के दोनों किनारों से समेटे और उन्हें बगल में दबाकर, एक गहरे केसरी रंग

की गठरी-सी बना, दूर पच्छिम के गहरे पानियों में उतर रहा था। कुछ ही देर में उसका तेज ज़मीन की गोलाइयों में गुम हो गया। अब किनारे और उसपर के मकानों और उनमें रहने वालों पर वही रोशनी थी जो आसमान पर के आवारा बादलों पर से होती हुई नीचे ज़मीन पर पड़ती है और जो हौले-हौले, धीरे-धीरे, बड़े प्यार से अंधेरे को अपनी जगह देती है जैसे कह रही हो, लो अब तुम्हारा राज है, जाओ, मौज उड़ाओ···।

वही छींक जिसने दरबारी को सीता से कोसों दूर फेंक दिया था, एक ही बार में उसके बहुत ही करीब ले आई···सीता कांपने लगी और दरबारी भी···।

तभी जैसे दीवार में से आवाज़ आई, "दरबारी!"

"इसका मतलब है," दरबारी ने कहा, "तुम मुझसे प्यार नहीं करतीं।"

"प्यार का मतलब यह थोड़े होता है?"

"मैं सब जानता हूं···" और दरबारी उठकर खड़ा हो गया और अपने कपड़े ठीक करने लगा। सीता ने उसे रोकने की कोशिश की और मिन्नत-भरे लहजे में बोली, "क्या कर रहे हो चांद!"··· और बरेते पर पड़ी हुई सीता दरबारी के पैरों से लिपट गई, जो गुस्से से हांफ रहा था।

दरबारी ने अपने पैर एक झटके के साथ छुड़ा लिए और बोला, "बिच! ···बड़ी पाकीज़ा बनती है, समझती है···"

"मैं कुछ नहीं समझती," सीता ने वहीं घुटनों के बल घिसटकर फिर से दरबारी को पकड़ते हुए कहा, "मैं तुम्हारी हूं, चन्दा···नस-नस, पोर-पोर तुम्हारी हूं। पर मैं, एक विधवा मां की बेटी, मुझसे शादी कर लो, फिर···"

"कोई शादी-वादी नहीं," दरबारी बोला, "तुमसे जो कह दिया, क्या वह काफी नहीं? क्या मन्तर-फेरे ज़रूरी है? कानून की पकड़, उसकी ओट ज़रूरी है?" और दरबारीलाल रुक गया, जैसे अब भी उसे उम्मीद थी···

"हां, ज़रूरी है," सीता रोते हुए बोली, "यह दुनिया मैंने या तुमने नहीं बनाई!"

दरबारी की आखिरी उम्मीद भी टूट गई। बोला, "मैं उस

प्यार को नहीं मानता जिसमें बीच में कोई भी पर्दा, कोई भी शर्त हो। आत्माओं का मिलन ज़रूरी है तो जिस्मों का मिलना भी। इसमें स्वयं भगवान होते हैं, ऐसा शास्त्रों में लिखा है।"

"लिखा होगा," सीताबोली, "सब तुम्हारी तरह इस बात को मानते होते···"

"मैं किसीकी परवाह नहीं करता," दरबारी ने गुस्से से पैर ज़मीन पर मारते हुए कहा, जो रेत में धंस गए और फिर वह उन्हें खींचते, रेत निकालते हुए चल पड़ा।

सीता पीछे लपकी, "सुनो!"···अभी दरबारी ने दीवार की हद नहीं फांदी थी। अब भी वे उसके सहारे बैठ सकते थे और अंधेरे को गले लगा सकते थे।

एक-दो लड़के वातावरण में अनोखापन देखकर रुक गए। फिर चने वाला आया, जिसकी फेरी में आग, समन्दर की तरफ से आने-वाली तेज़ हवा में हरदम बढ़ती जा रही थी।

इस बार सीता ने न सिर्फ दरबारी के पैर पकड़े बल्कि अपना सिर और बंगाली ज़ुल्फे उनपर रख दीं और नम आंखें भी, होंठ भी। दरबारी पैरों तक जल रहा था और अन्दर की आग से लरज़ रहा था। पैर चूमती, उनपर आंसू गिराती हुई सीता ने थोड़ा उठकर दरबारी की तरफ देखा और कहने लगी, "तुम समझते हो, मैं किसी बर्फ, किसी पत्थर की बनी हूं? मेरा तुममें घुल-मिल जाने को जी नहीं चाहता? पर तुम क्या जानो, एक औरत दुःख···"

और फिर किसी अनजाने डर से कांपती हुई बोली, "मैं नहीं कहती ये दुःख तुमने दिए हैं, ये भगवान ने दिए हैं, भगवान ही ने औरत के साथ बेइन्साफी की है···"

"मैं सब जानता हूं," दरबारी ने अपने-आपको छुड़ाने की कोशिश करते हुए कहा, "मर्द सब सहन कर सकता है, तौहीन बरदाश्त नहीं कर सकता।"

"किसकी तौहीन?"

दरबारी ने जवाब देने की बजाय सीता के ठोकर मारी और वह पीछे की तरफ जा गिरी। खुद वह लम्बे-लम्बे डग भरता हुआ रोशनियों की तरफ निकल गया।

सीता एक ऐसे डर से कांपे जा रही थी जो अपनी इस छोटी-

सी ज़िन्दगी में उसने कभी न देखा था, जिसका तजुर्बा उसने अपने पिता की मौत पर भी न किया था। मां की छाती में मुंह छिपाकर वह सब भूल गई थी। जैसे जलते हुए फोड़े के गिर्द हलकी-हलकी अंगुलियां फेरने से एक तरह का सुख, एक किस्म का आराम आता है, ऐसे ही मां के सिर पर हाथ फेरने से उसके सारे दुःख दूर हो गए थे···वहीं बरेते पर पड़े-पड़े सीता दबी-दबी सिसकियां लेती रही। बीच में कभी-कभी वह सिर उठाकर देख लेती, कोई देख तो नहीं रहा, मदद के लिए तो नहीं आ रहा, जैसे मुसीबत में पड़ी हुई औरत के लिए इस देश का हर नौजवान चला आता है···सामने दीये की लौ में कोई चीज़ चमकी। सीता ने उठाई तो वह चांदी की डिबिया थी जो नीचे जा गिरी थी और अब···उसमें रेत चली आई थी।

यह हकीकत थी कि दरबारी सीता से प्यार ज़रूर करता था, लेकिन उस हद तक नहीं, जिस हद तक सीता करती थी। सीता तो जैसे इस दुनिया में अपने नाम को बजा साबित करने के लिए आई थी और अब अशोक वाटिका में पड़ी देख रही थी, कोई ऊपर से संदेशे में अंगूठी फेंके···लेकिन रामजी के ज़माने से आज तक बीच में क्या कुछ हो गया था ! अब तो अंग्रेज़ी 'फन' चला आया था, जिससे दरबारी पूरा लुत्फ उठाना चाहता था।

घर में जाली लग गई थी। तीन दिन खुब परेशान करने के बाद सिख बढ़ई छुट्टी कर गया था। साफ-सुथरे बरामदे में बैठा हुआ, दरबारी सूनी-सूनी निगाहों से सड़क के उसी मोड़ को देख रहा था जहां कभी कासनी और कभी सरदई, कभी धानी और कभी जोगिया रंग लहराया करते।

तभी अरोरा सिनेमा की तरफ से आने वाले मोड़ पर नारंगी-सा रंग दो-तीन बार लहराया। दरबारी ने जल्दी से कपड़े ठीक किए और बाहर निकल गया।

मोड़ पर सीता खड़ी थी। उसने एक बार दरबारी की तरफ ताका और फिर परे देखने लगी। उसकी आंखें कुछ और भी अन्दर की तरफ धंस गई थीं, पलकें कुछ और भी नम हो गई थीं।

"कहिए हुज़ूर···क्या हुक्म है?"

सीता ने कोई जवाब नहीं दिया। दरबारी को यों लगा जैसे सीता कुछ कांप-सी रही है। दरबारी कुछ देर उसकी तरफ देखता रहा और बोला, "अगर चुप ही रहना है, तो फिर···" और वह लौटने लगा।

"सुनो," सीता एकाएकी मुड़ती हुई बोली, "मुझे क्षमा कर दो, उस दिन मुझसे भूल हो गई।"

दरबारी ने रुककर उसकी तरफ देखा। फिर बोला, "अब तो नहीं होगी?"

सीता ने 'ना' में सिर हिला दिया।

"जहां कहूंगा, मेरे साथ चलोगी?"

सीता ने 'हां' में सिर हिला दिया और मुंह परे करते हुए, साड़ी के पल्लू से अपनी आंखें पोंछ लीं। दरबारी के बदन में खून का दौरा जैसे एकाएकी तेज़ होने लगा। उसने अपने खुरदरे-से हाथ फैलाए और सीता का नरम-सा हाथ पकड़ते हुए बोला, "तू तो ऐसे ही "डर रही है···तुम्हें देखकर मुझे ऐसा लगता है, जैसे मैं कोई बड़ा नीच आदमी हूं।"

सीता जैसे यही सुनना चाहती थी, बोली, "नहीं, नहीं···ऐसा क्यों?"

दरबारी और सीता वहीं पहुंच गए—शिवाजी पार्क में, दीवार के नीचे···दिन डूब चुका था। आज आसमान पर कोई बादल भी न था जो ज़मीन की गोलाइयों से आसमान पर प्रतिबिम्बित होने वाली रोशनी को इधर जमीन पर फेंक दे। इसलिए अंधेरे ने जल्दी ही दुनिया को लपक लिया। सामने महात्मा गांधी स्वीमिंग पूल के इर्द-गिर्द बने हुए जंगले रेखाचित्र-से बने और फिर गुम हो गए।

दरबारी के बढ़ते हुए प्यार के सामने सीता सकुचाई-सी बैठी रही। दरबारी एकदम झल्ला उठा और बोला, "कुछ हंसो-बोलो भी ना!"

सीता को हंसना पड़ा।

दरबारी ने सीता की खोखली हंसी की नकल उतारी और सीता सचमुच ही हंस दी। दरबारी हौसला पाकर बोला, "तुम्हें क्या सच-मुच मुझपर विश्वास नहीं?"

"यह बात नहीं," सीता बोली, "तुम मुझसे शादी कर भी लोगे, तो भी मुझे नफरत की निगाह से देखोगे। समझोगे, मैं ऐसी ही थी···"

"नहीं, सीते, मैं नहीं समझूंगा···कभी नहीं समझूंगा।"

तभी कुछ लोग लोहे की सलाखें लिए चले आए। दरबारी चौंका। उसको तसल्ली हुई जब उन्होंने सलाखें बरेते में मारनी शरू कर दीं। वे ब्यौड़े के उस गड़े खज़ाने को देख रहे थे जो दो-एक दिन पहले उन्होंने बरेते में दबाया होगा और अब, समन्दर में ज्वार आने से पहले उसे बरामद करना, काम में लाना चाहते थे। दरबारी और सीता उठकर ज़रा परे, दीवार के दूसरे किनारे पर जा बैठे। मुड़कर देखा, तो दीवार के ऊपर बम्बई के बरतन मांजने वाले रामा लोग बैठे थे और आपस में ठट्ठा कर रहे थे। दरबारी ने देखते हुए भी न देखना चाहा। सीता घबरा रही थी, लजा रही थी, पसीना-पसीना हो रही थी। वह पूरे तौर पर दरबारी के हाथों में थी। आज उसका अपना कोई इरादा न था। वह तो किसी रूठे को मनाना चाहती थी और इसके लिए कोई भी कीमत देने को तैयार थी।

तभी कुछ मनचले 'ऐ मेरे दिल कहीं···' गाते हुए पास से गुज़रे। फिर एक पुलिसमैन आया और दरबारी चौकन्ना होकर उठ गया। उसने खूनी आंखों से आसपास के दृश्य को देखा और अंग्रेज़ी में एक मोटी-सी गाली दी। और बोला, "चलो सीते, यहां नहीं, जुहू चलेंगे।"

"जूहू?"

"हां, उठो, कैडल रोड से टैक्सी लेते हैं।"

सीता चुपचाप उठकर दरबारी के साथ चल दी।

सीता और दरबारी जूहू के बीच पर इधर-उधर हो न सकते थे क्योंकि इसमें खतरा था। रोज़ कोई न कोई वारदात होती रहती थी। अभी चंद ही दिन हुए, एक कत्ल हुआ था। चंद गुंडों ने एक मियां-बीवी को ज़िंदगी के दो किनारों पर जा खड़ा किया था।

लेकिन उस दिन जूहू के होटल और काटेज गाहकों से भरे पड़े थे।

कोई घण्टे डेढ़ घण्टे के बाद दरबारी और सीता फोर्ट की तरफ

जा रहे थे। रास्ते में सीता कोई बात करती थी, दरबारी कोई और ही जवाब देता था। देता भी था, तो उखड़ा-उखड़ा, बेसिर-पैर का। ज़बान में एक अजीब तरह की हकलाहट थी जैसे कोई नशे वाली चीज़ मुंह में रख दी हो जिससे ज़वान फूल गई हो।

टैक्सी हाजीअली से होती हुई ताड़देव में दाखिल हुई। वहां से ओपेरा हाउस होती हुई हार्नबी रोड पर पहुंची जिसका नाम अब महात्मा गांधी रोड हो गया है। उसपर के एक होटल पर पहुंचते हुए दरबारी ने मैनेजर से पूछा, "कोई कमरा है?"

मैनेजर ने गौर से दरबारी की तरफ देखा, जिसके चेहरे से मालूम होता था, जैसे कोई वारदात करके आया है या करने जा रहा है। पीछे सीता खड़ी, ज़मीन की तरफ देखती हुई थर-थर कांप रही थी। दोनों गुनाहों के आदी न थे, अपरिपक्व क्रूर प्रकृति के हाथों गिरफ्तार के दीवाने-से हो रहे थे। तभी मैनेजर ने पूछा, "आप कहां से आए हैं?"

"जी?" दरबारी ने एकाएकी सोचते हुए कहा, "औरंगाबाद से।"

"खूब!" मैनेजर ने पीछे सीता की तरफ और फिर दरबारी के स्याह चेहरे की तरफ देखते हुए कहा, "आपका सामान कहां है?"

"जी, सामान तो नहीं है!"

"माफ कीजिए," मैनेजर ने दरबारी की तरफ यों देखते हुए कहा, जैसे वह कोई निहायत ही गन्दी और लिज़लिज़ी चीज़ हो और फिर बोला, "अपने पास कोई रूम नहीं!" मैनेजर की आंखों से नफरत की चिनगारियां निकल रही थीं।

"क्या मतलब? अभी तो टेलीफोन पर···"

बैरा नं० 27, जो एक ट्रे पर वेफर, मूंग की दाल, सोड़े की बोतलें और चाबी लेकर जा रहा था, बोल पड़ा, "यह होटल इज्ज़त वाले लोगों के लिए है, साहब!"

दरबारी कुछ न कह सका। हालांकि वह जानता था, अच्छी-तरह जानता था, इस बैरे का टिप एक रुपये से ज़्यादा न होगा और किबला मैनेजर साहब इज़्ज़त पांच रुपये से ···और आज ये सबके सब एकदम नेकी और इज़्ज़त और शराफत के पुतले

बने बैठे थे। वे इज़्ज़त और शराफत के पुतले थे या नहीं, लेकिन एक बात तय थी कि ज़िन्दगी में कुछ भी कर गुज़रने के लिए बड़ा सधा होने की ज़रूरत है। निगाहों में पेशावरों का सा पूरा साहस और बेबाकी और बेहयाई लानी पड़ती है, जिसके सामने विपक्षी की नैतिकता, उसकी सज्जनता और पवित्रता छोटी पड़ जाती है ···दरबारी अपने अन्दर कहीं कमज़ोर, कहीं बुज़दिल था, वह एक अनगढ़ हीरा था।

लौटते हुए वह गालियां बक रहा था, अंग्रेज़ी में, जिन्हें वह होटल के प्रबन्धकों को सुनाना भी चाहता था और उनसे छिपाना भी।

"चलो सीता," दरबारी ने कहा, "फिर कभी सही।"

और दोनों टैक्सी पर बैठकर घर की तरफ चल दिए···

ज़िन्दगी नीरस हो गई थी। इतनी पराजय का अनुभव दरबारी को कभी न हुआ था।

आज उसका कहीं जाने का इरादा न था, कोई प्रोग्राम न था। हालांकि एक अस्पष्ट-सी अनुभूति के साथ वह दफ्तर से जल्दी चला आया था—थका-थका, टूटा-टूटा, शिथिल-सा। उस शाम की शिकस्त और बेहुरमती के बाद एक तस्कीन का सा एहसास था जो तस्कीन भी नहीं थी। यह आग···या तो पैदा ही न होती। इसीलिए बड़े विचार को बहुत महत्त्व देते हैं। या तो ये हज़रत पैदा ही न हों और अगर हों तो आप इन्सान की औलाद की तरह इन्हें झटक नहीं सकते।

दरबारी ने खींच-खांचकर उस दिन होटल में पैदा होने वाली मायूसी का कार में उत्पन्न होने वाली उम्मीद से सम्बन्ध जोड़ लिया था।

सालेह भाई या सरदारीलाल अपने बीवी-बच्चों-सहित अपने घर चले गए थे। पीछे ठूंठ-से बाज़ुओं वाली वे-बच्चा भाभी रह गई थी, जिसकी भैया से तकरार ही रहती थी। वह कहती थी, तुममें नुक्स है, और वे कहते, तुममें। वह कहती, तुम डाक्टर को दिखाओ। वे कहते, तुम अपना मुआयना कराओ। और ना-पैद बच्चे मायूसी से उन्हें देखते रहते और अपना सिर पीट लेते।

दरबारी पूरी तरह बोर हो चुका था। वह जानता था और थोड़ी देर घर में रहेगा तो मां शादी की बातें करने चली आएगी, और वह शादी नहीं करना चाहता था। हां, कुछ दिन तो ज़िन्दगी देख ले, आखिर तो एक न एक दिन हर किसीकी शादी होनी ही है!

किसके साथ शादी? सीता लपककर उसके दिमाग में आती थी। सीता वैसे ही ठीक थी, लेकिन शादी के सिलसिले में नहीं। वह बहुत सद्‌गुणी लड़की थी, शक्ल-सूरत से भी बुरी न थी···। लेकिन बीवी—? बीवी कोई और ही चीज़ होती है। उसे कुछ तो चुलबुला होना चाहिए। इधर-उधर झांकना चाहिए, ताकि मर्द कान से पकड़कर कहे, इधर मर! और फिर विधवा की बेटी?···मर्द से यों चिपटती है, जैसे वह उसका शौहर नहीं, बाप है।

मैं कहां किराये उगाहता फिरूंगा!

थोड़ी देर के प्यार के लिए सीता से अच्छी कोई नहीं। क्या जिस्म पाया है!

तभी मिसरी दिखाई दी, और बब्बल दिखाई दिया···

मिसरी दूर ही से बाबूजी की तरफ अंगुली करती हुई आ रही थी और बब्बल वहीं से गूं-गू-गां-गां करता हुआ हुमक रहा था। फिर एकाएक बब्बल में ज़िन्दगी उछली, जैसे कोई जल-धार ज़मीन फोड़-कर उछलती है और मिसरी को संभालना मुश्किल हो गया।

आज बब्बल भगवान के नहीं, इन्सान के लिबास में था। एक मैली-सी बनियान पहन रखी थी। हां, नीचे अल्लाह ही अल्लाह था।

पास आते ही बब्बल ने दोनों हाथ फैला दिए। 'कमीना! जैसे मैं उसके लिए कुरमुरा लिए ही तो खड़ा हूं, जैसे अन्दर जाना और बाहर आकर उसके हुज़ूर में खिराज पेश करना उसके सब्र की आखिरी हद है।'

दरबारी कुरमुरा लेकर बाहर आया तो आज पहली बार उसे खयाल आया—मिसरी एक औरत है और बब्बल उसका बच्चा है। और यह सब कितना पावन है, पवित्र है! गरीब लोगों में बाप होता तो है, मगर महज़ एक तकल्लुफ की चीज़!

जभी दरबारी का दिमाग तेज़ी से चलने लगा। वह एक दायरे में घूमता था और घूम-फिरकर वहीं आ जाता था। फिर जैसे कोई पर्दा-सा उठने लगा। आंखें फैलने और मिटने लगीं। दरबारीलाल ने आज वहीं से कुरमुरा बब्बल को दे दिया था। जाने क्या पाप था, जो आज दरबारी बब्बल को गोद में नहीं ले रहा था। जैसे वह शरमा रहा था। लेकिन वह रबड़ की गेंद— बब्बल, जैसे दीवार के साथ लगकर फिर लौट आता। यह नहीं कि आज उसे कुरमुरा नहीं चाहिए था। उसे कुरमुरा भी चाहिए था और आसमान की बादशाहत भी। बब्बल हैरान हो रहा था—आज यह बाबू मुझे लेता क्यों नहीं?

"आज तुमने कितने पैसे बनाए हैं मिसरी?"

"यही कोई चौदह आने।"

"क्यों, सिर्फ चौदह आने क्यों?"

"आज मेरा आदमी नागपाड़े चला गया था।"

"तेरा आदनी?" दरबारी ने हैरान होते हुए कहा, "तुमने कोई आदमी कर लिया है?"

मिसरी हंसी और बब्बल को दोनों बाजुओं में थामकर ऊंचा, दरबारीलाल के बराबर करते हुए बोली, "यह है ना मेरा मर्द, मेरा कमाऊ मर्द···इसे आज इसकी मौसी पार्ले की चूना भट्ठा ले गई थी। यह बनियान दी, जो यह हलकट पहनता ही नहीं। यों कन्धे झटकता है, जैसे पूरी धरती का बोझ लाद दिया हो।"

दरबारी समझा और हंसने लगा। अभी तक वह बब्बल को अपने हाथों में नहीं ले रहा था और बब्बल कुरमुरा वगैरह सब भूलकर शोर मचा रहा था।

मिसरी बोली, "नंगा रहने की आदत पड़ गई, तो बड़ा होकर क्या करेगा?"

"यह ऐसे ही प्यारा लगता है मिसरी!"

बब्बल जैसे हुमक-हुमककर कह रहा था, "झूठ! ···प्यारा लगता हूं तो फिर लेते क्यों नहीं?' और अब तो वह बहुत ही शोर मचाने लगा था, "हो-हो-हो···"

"बब्बल होता है, तो कितना कमा लेती हो?" दरबारी ने पूछा।

"यह," मिसरी बब्बल को नीचे करते हुए बोली। उसके बाज़ू थक गए थे, "यह होता है, तो मुझे तीन भी मिल जाते हैं, चार भी मिल जाते हैं···"

दरबारी ने अपनी जेब से दस रुपये का नोट निकाला और मिसरी की तरफ बढ़ाया।

"यह क्या बाबूजी?" वह बोली और उसका चेहरा सुर्ख होने लगा।

"तुम लो ना!" दरबारी बोला और फिर इधर-उधर देखकर कहने लगा, "जल्दी से ले लो, नहीं तो कोई देख लेगा।"

मिसरी ने इधर-उधर देखा। अब उसका चेहरा गहरा सुर्ख हो गया था। उसने जल्दी से दस का नोट लिया और अपने नेफे में उड़स लिया और उस फिकरे का इन्तज़ार करने लगी, जो अब वह साल में मुश्किल से तीन-चार बार सुनती थी। लेकिन मिसरी का रंग स्याह हो गया, जब उसने दरबारी की बात सुनी··

"तुम तो जानती हो मिसरी," दरबारी बोला, "मैं इससे कितना प्यार करता हूं—बब्बल से। अगर तुम इसे एक दिन के लिए मुझे दे दो···"

मिसरी कुछ न समझी।

दरबारी ने कहा, "मैं इसे कलेजे से लगाके रखूंगा, मिसरी—एक मां की तरह, तुम्हारी तरह। यह मुझे इतना अच्छा लगता है, इतना अच्छा लगता है कि···बहुत ही अच्छा लगता है।" और दरबारी ने हाथ बढ़ाकर बब्बल को ले लिया।

बब्बल एकदम खुशी से उछल गया। दरबारी की गोद में आते ही अब वह कुरमुरों के लिए गर्दन को यों इधर-उधर घुमाने लगा जैसे मोर चलते वक्त अपनी गर्दन को हिलाता, घुमाता है। फिर उसके गोल-गोल, गदराए हुए बाज़ू किसी साइकल की तरह से चलने लगे। दरबारी ने कुरमुरे के कुछ दाने बब्बल के मुंह में डाले, जिन्हें लेते ही वह आमतौर पर मां की तरफ लपका करता था, लेकिन आज वह दरबारी ही के बाज़ुओं में शैतानी हरकतें करता रहा। कभी कहता, छोड़ दो, नीचे उतार दो; कभी पकड़ लो, छाती से लगा लो। बीच में उसने मां की तरफ देखा, हंसा भी, लेकिन मुंह दरबारी की तरफ कर लिया। मां को चिढ़ाने लगा, जैसे दरबारी को चिढ़ाया

करता था।

मिसरी अभी तक भौचक्की खड़ी थी और गैर-यकीनी अन्दाज़ से बाप-बेटे की सी दोनों हस्तियों को देख रही थी।

"कहीं आपके कपड़े खराब कर दिए तो?"

"तो क्या हुआ?" दरबारी ने कहा, "बच्चों की हर चीज़ अमृत होती है।"

मिसरी की आंखें नम हो गईं। पहले उसने सोचा था, ज़िन्दगी में बहुत ही नायाब चीज़, थोड़ी देर के लिए उसे मर्द मिल गया। अब उसने सोचा, मेरे बच्चे का बाप मिल गया; और पहली चीज़ से दूसरी कितनी बड़ी थी!

"मैं इसे खिलाऊंगा-पिलाऊंगा, मिसरी," दरबारी ने वादा किया, "तुम रात दस बजे के करीब इसे ले जाना।"

"जी, अच्छा।" मिसरी ने सिर हिला दिया।

मिसरी चली, फिर रुक गई। मुड़कर बच्चे की तरफ देखा, जो दरबारी के बाज़ुओं में खेल रहा था और अपने इर्द-गिर्द दरबारी की बन्द मुट्ठी खोलने की कोशिश कर रहा था और उसके न खुलने पर झल्ला रहा था। मिसरी ने आवाज़ भी दी, बब्बल ने देखा भी; मगर उसे आज किसी बात की परवा न थी। बाप की परवा न थी तो मां की भी नहीं।

मिसरी फिर चली, लेकिन जैसे उसका दिल वहीं रह गया। रुककर फिर देखने लगी। और जब उसे इस बात की तसल्ली हो गई कि बब्बल रह लेगा तो वह जल्दी-जल्दी चली गई। कुछ दूर जाकर उसने नेफे में से दस का नोट निकाला और उसकी तरफ यों देखा, जैसे कोई अपने शौहर की तरफ देखता है।

दरबारी बब्बल को लिए अन्दर आया। बब्बल को कमरे की बहुत-सी चीज़ों में दिलचस्पी पैदा हो गई। हर चीज़ उसके लिए नई थी। हर चीज़ को वह मुंह में डालकर एक नया तजुर्बा करना चाहता था। ऐसा तजुर्बा जिसकी कोई हद नहीं, ऐसा स्वाद जिसकी सीमा नहीं। तभी मां अन्दर चली आई और दरबारी के हाथ में बच्चे को देखकर हैरान हो उठी। नाक पर अंगुली रखती हुई बोली, "हाय राम! यह क्या?"

"बब्बल, मां—मिसरी का बेटा," दरबारी बोला, "मुझे बडा

प्यारा लगता है।”

“इसकी मां कहां है?”

“गई···मैंने थोड़ी देर खेलने को ले लिया है, उधार··· एक बार पैदा कर दिया, फिर मां का क्या काम?” दरबारी ने मां की तरफ देखते हुए कहा।

“जा रे, जा,” मां बोली,“छः-आठ महीने तक ही मां की ज़रूरत होती है, फिर जैसे अपने-आप तेरे ऐसे लौंडे बन जाते हैं!”

“अच्छा मां,” दरबारी ने कहा, “मैं इसे पोद्दार कालिज के सामने वाले मैदान में ले जाऊंगा, जहां पास ही मुझे जगमोहन की किताबें भी लौटानी हैं, तू ज़रा इसे पकड़।”

मां ने झुरझुरी ली, “हां—गन्दा,” और हाथ हिलाते हुए बोली, “मैं तो इसे हाथ नहीं लगाती।”

भाभी, जो कुछ देर पहले आ खड़ी हुई थी, बोली, “इतना ही शौक है तो अपना ही क्यों नहीं ले आते? शादी कर लेते?”

“नहीं,” दरबारी ने भाभी पर चोट करते हुए कहा, “मुझे दूसरों के ही बच्चे अच्छे लगते हैं।”

भाभी ने ठंडी सांस ली, “अब भगवान न दे, तो कोई क्या करे?”

दरबारी ने बब्बल को नीचे फर्श पर बिठा दिया, जहां उसका ध्यान जर्मन सिलवर के एक चमचे ने अपनी तरफ खींच लिया था। दरबारी खुद अन्दर चला गया और बब्बल चमचे को मुंह में डालता, पपोलता रहा। शायद वह कुछ और भी दांत निकाल रहा था।

एकाएकी बब्बल को अपना-आप अकेला महसूस हुआ। उसने अपने हाथ पहले मां फिर भाभी की तरफ फैला दिए। मां तो छी-छी करती हुई अन्दर चली गई। भाभी क्षण-भर के लिए ठिठकी, जैसे अन्दर के किसी उबाल ने उसे मजबूर कर दिया और लपककर उसने बब्बल को उठा लिया और उसे सीने से लगाकर हिलाने लगी, जैसे किसी अपार सुख और शांति के झूले में पड़ी है। बब्बल उसे गन्दा नहीं लग रहा था। मन ही मन में उसने बब्बल को नहला-धुलाकर एक भिखारिन के बेटे से किसी रानी का बेटा बना लिया था और अन्दर ही अन्दर उसने सैकड़ों रेशमी और सूती फिराक बना डाले थे और सोच रही थी, इतना खूबसूरत है, मैं इसके लिए

लड़कियों वाले कपड़े बनवाऊंगी।

अन्दर पहुंचकर दरबारी ने सूटकेस निकाला! उसमें कुछ कपड़े रखे और फिर उसके ऊपर टैगोर, प्रेमचन्द और लारेंस की कुछ किताबें। फिर धप्प से सूटकेस बन्द किया और बैठक की तरफ उमड़ा।

बैठक में पहुंचा, तो बब्बल हमेशा की तरह छातियों में सिर दिए हुए था। दरबारी के पहुंचते ही उसने मुंह निकाला और एक विजेता की तरह दरबारी की तरफ देखने लगा। फिर अगले ही पल, जाने किस जज़्बे, किस जोश से उसने अपने पूरे पर दरबारी की तरफ फैला दिए। दरबारी ने बढ़कर एक हाथ में बब्बल को उठाया और दूसरे में सूटकेस थामा और 'अच्छा भाभी···' कहकर निकल गया।

दादर पहुंचकर, रेडीमेड कपड़ों की दुकान से दरबारी ने बब्बल के लिए एक कमीज़ खरीदी और साथ एक नीकर भी। कमीज़ तो जैसे-तैसे जभी बब्बल ने पहन ली, लेकिन नीकर पहनते वक्त उसने बाकायदा शोर मचाना, चीखना-चिल्लाना शुरू कर दिया था। जितनी देर भी वह खड़ा रहा, बराबर अपनी टांगों से साइकल चलाता रहा। अभी हुमका, फिर गिरा। दरबारी एक हाथ से पकड़ता, तो वह दूसरे हाथ की तरफ लुढ़क जाता, और फिर मुंह उठाकर दरबारी की तरफ हैरानी जैसे देखता, से कह रहा हो—अजीब आदमी हो, एक बच्चा भी पकड़ना नहीं आता!

फिर एकाएकी बिजली के एक कुमकुमे ने उसका ध्यान अपनी तरफ खींच लिया। वह ऊपर की तरफ हुमका। बिजली के डर से दरबारी ने हाथ ऊपर किया ही था कि बब्बल ने पास चलते हुए टेबल-फैन की जाली में अपनी अंगुली जा डाली। दुकानदार ने लपककर हाथ हटा लिया, नहीं तो जनाब की अंगुली उड़ गई होती। झटके से हाथ परे करने पर उसने रोना शुरू कर दिया और जब दरबारी ने उसे गोद में उठाया, तो वह शिकायत के लहजे में पहले दरबारी और फिर दुकानदार की तरफ देख रहा था, और उसकी तरफ हाथ उठाकर जैसे कह रहा था, 'इसने मुझे मारा!'

टैक्सी में बैठते ही बब्बल कुछ झल्ला-सा गया। दरअसल उसे नीकर की वजह से तकलीफ हो रही थी। वह 'ज़िन्दगी-भर' यों कसा

न गया था। दरबारी ने उसे सीट पर बिठाने की कोशिश की, लेकिन वह तकले की तरह अकड़ गया, जैसे कह रहा हो, तुम गाड़ी पर बैठो, मैं तुमपर बैठूंगा नहीं, मुझे लेकर चलो—बाज़ार में, जहां लोग आ-जा रहे थे। फिर उसने ज़ोर से ऊपर-नीचे होकर आखिर नीकर निकाल ही दी और उसपर कूदते हुए उसे यों चूर-मूर कर दिया कि कोई इस्तरी उसके बल सीधे न कर सकती थी। और अब नीकर निकाल देने के बाद वह खुश था। एक अजीब किस्म की आज़ादी का अनुभव हो रहा था उसे, जब वह खिड़की में खड़ा सारी दुनिया को देख और दिखा रहा था।

दरबारी जब सीता के यहां पहुंचा, तो वह घर पर न थी। दरबारी ने सिर पीट लिया। मां ने बताया, वह प्रभादेवी में कुमुद से मिलने गई है। प्रभा देवी का इलाका कोई दूर न था, लेकिन कुमुद के घर का कैसे पता चले? पूछता, तो मां कहती, क्यों, काम क्या है? इसलिए खामोश ही रहना अच्छा था।

इससे पहले कि मां पूरे तौर पर दरबारी पर हावी हो जाती, सीता चली आई—बहार के एक झोंके की तरह. दामन में पत्ते ही पत्ते, फूल ही फूल लिए। उसने आयरनग्रे रंग की एक चोली चुस्त की हुई थी और बेगमी चावलों के कलर की सी हैण्डलूम साड़ी लपेट रखी थी, जो शरीर की सारी रेखाओं को एक आज़ाद, एक तूफानी-से बहाव में ले आई थी। खुद वह बहार का झोंका थी, लेकिन दरबारी के लिए पतझड़ का पैगाम। उसके अन्दर के फूल-पत्ते एक-एक करके खुश्क होने, गिरने और कुछ आंधियों के साथ उड़ने लगे··· और जो डाल पर रह गए थे, सूखकर आपस में टकराने, दिल को धड़काने लगे।

सीता ने आते ही पहले बब्बल को देखा और आंखें फैलाईं, "यह किसका है?" और फिर लपककर बच्चे के पास जा पहुंची, "हये, कितना प्यारा है, बबलू-सा!"

"हां,' दरबारी ने कहा, "बब्बल ही इसका नाम है, तुम्हें कैसे पता चला?"

"मुझे क्या मालूम?" सीता ने ताली बजाते, बब्बल को अपनी गोद में बुलाते हुए कहा, "हर बच्चे की शक्ल ही से उसका नाम पता चल जाता है···तुम्हें नहीं चलता?"

बब्बल ने पहले शक व शुबहे की नज़र से सीता की तरफ देखा और फिर मुस्करा दिया, जैसे बरसों से जानता हो, और फिर तराज़ू के अन्दाज़ में बाज़ू उठा दिए। सीता ने उसे उठा लिया, छाती से लगा लिया और सब औरतों की तरह थोड़ा झूल गई। बस, रिश्ता कायम होते ही बब्बल ने छोटी अल्मारी पर पड़ी हुई किसी टोकरी की तरफ इशारा किया और 'ऊ··ऊ··ऊ' करने लगा, जैसे कह रहा हो, इसमें कुछ है मेरे लिए?

दरबारी की निगाहों में ख्वाब थे और जब सीता ने देखा तो उसकी नज़रों में सेजें और बच्चे। शायद बब्बल सीता की आंखों में प्रतिबिम्बित हो रहा था। दरबारी ने कुछ उतावले होकर कहा, "घण्टे-भर से मैं तुम्हारी राह देख रहा हूं, दीदी ने बुलवाया है।"

सीता ने मां की तरफ देखा, "मां···"

"हां बेटा!," मां ने इजाज़त देते हुए कहा।

"ठहरो··· मैं उसके लिए कुछ बिस्कुट···।"

दरबारी ने और बेसबी से कहा, "होते रहेंगे, तुम चलो··मेरे पास इतना-सा भी वक्त नहीं है।" और सीता बब्बल के गाल से अपने गाल रगड़ती हुई चल दी, कहती हुई, "ए, तू तो थोता छा, मोती-छा, गोला-छा बबलू है···"

और सीता दिल में इतना-सा भी शक लिए बगैर चल दी। बाहर टैक्सी को देखते हुए बोली, "इसपर चलेंगे?"

दरबारी ने सिर हिला दिया। टैक्सी ड्राइवर जो उकता रहा था, खुश हो गया। पीछे की तरफ लपककर उसने टैक्सी का दरवाज़ा खोला और बब्बल और सीता और दरबारी बैठ गए। तभी सीता की निगाह सूटकेस पर पड़ी। एक शक की परछाईं उसके चेहरे पर से गुज़री, "यह सूटकेस···?"

"हां।" दरबारी ने कहा।

"दीदी के यहां जा रहे हो?"

"कहीं भी जा रहा हूं, तुम्हें इससे क्या?" और फिर एक क्रोध-भरी निगाह सीता पर फेंकते हुए बोला, "तुमने कहा नहीं था, जहां भी ले जाओगे, जाऊंगी?"

सीता को कुछ बातें समझ में आने लगीं। दरबारी के चेहरे की रंगत, सूटकेस··बच्चा··उसने डर के आलम में बब्बल को सीट पर

बिठा दिया और नथुने फुलाती हुई बोली, "हां, कहा था।"

सीता ने फिर एक तेज़-सी नज़र दरबारी पर फेंकी और फिर अपनी निगाहें चुरा लीं। उसे अपना-आप जैसे कुछ गन्दा लगा। साड़ी के पल्लू से उसने अपना लाल होता हुआ चेहरा पोंछा। दरबारी ने खुमार-भरी निगाह सीता पर फेंकते हुए कहा, "सीता, तुम फिर लगी हो उस दिन की तरह करने!"

सीता डर गई, "नहीं तो!" वह बोली।

टैक्सी हाजीअली से जा रही थी। आज समन्दर का वही रंग था जो मानसून से पहले होता है—मैला-कुचैला, गन्दा और गीला, शायद दूर कहीं बरसात शुरू हो चुकी थी और बेशुमार गन्दे नाले और नदियां समन्दर में पड़ी थीं···

फिर वही सफर—ताड़देव, ओपेरा हाउस, महात्मा गांधी रोड, फ्लोरा फाउण्टेन—और एक होटल। आज वह होटल नहीं था, जहां उस दिन गए थे।

सामने एक बैरा खड़ा था। दरबारी, सीता और बब्बल को देखकर लपका। बड़ी इज्ज़त, बड़े ही आदर के साथ उसने टैक्सी का दरवाज़ा खोला। दरबारी उतरा। टैक्सी वाले को पैसे दिए और फिर बैरे को सूटकेस उतारने का इशारा किया···सीता उतरी। उसकी आंखें झुकी-झुकी-सी थीं और बब्बल को अपने बाज़ुओं में लेने से जैसे उसे कुछ हिचकिचाहट-सी हो रही थी।

"उठाओ ना," दरबारी ने बब्बल की तरफ इशारा करते हुए कहा, "बच्चा हमेशा औरत उठाती है···"

सीता ने कुछ बेबसी के आलम में बब्बल की तरफ देखा, जिसे वह अभी उठाना न चाहती थी, लेकिन दरबारी और उसके गुस्से से डरती थी। मर्द और उसकी वहशत से सहमी थी। उसने बब्बल को उठा तो लिया, लेकिन उससे प्यार न कर सकती थी।···उसे कच्ची-कच्ची, खट्टी-खट्टी, गन्दी-गन्दी डकार-सी आने लगी थीं।

होटल ऊपर था। दरबारी ने यह भी तो न पूछा, 'कमरा है? ···' अब कोई ज़रूरत न थी। अब अपनी निगाहों में वही पेशावरों की सी बेबाकी पैदा कर चुका था, जिसकी अब ज़रूरत भी न थी।

सीता ने देखा—सीढ़ियों पर जैसे किसीने तेल और घी के ड्रम

के ड्रम लुढ़का रखे हैं। रस्सा, जिसकी मदद से न जाने कितने लोग ऊपर गए थे, हाथों के लगने से मैला और गन्दा लग रहा था। पूरे वातावरण से किसी बासी वेणी की बू आ रही थी।

रस्से को हाथ लगाए बगैर ही सीता दरबारी के पीछे-पीछे ऊपर पहुंच गई थी।

मैनेजर साहब ने तीनों को आते देखा, तो उसके चेहरे पर एक विचित्र पावन-सी चमक चली आई। वह उजलत से काउण्टर के पीछे से निकला और दोनों हाथ कमरे की तरफ स्वीप करते हुए बोला, "वैलकम, सर···" आज सब कमरों के दरवाज़े सीता और दरबारी के लिए खुले थे।

दरबारी ने मैनेजर से कहा, "हम बिल्ली मौरा से आए हैं और इस वक्त ट्रांजिट में हैं, रात के ग्यारह बजे वाली पंजाब मेल से आगरा जाएंगे, जहां ताजमहल देखेंगे जो शाहजहां ने अपनी चहेती मुमताज़ के लिए बनवाया था। दरअसल उसे मुमताज़ से उतनी मुहब्बत न थी, जितना जुर्म का एहसास था क्योंकि उससे उसने सोलह, अठारह बच्चे पैदा किए थे और अपनी इस ज्यादती का उसे सिला देना चाहता था···" पर इन बातों की ज़रूरत ही न थी। मैनेजर 'सर, सर' करता रहा। ज़रूरत पड़ने पर हंसता भी, ज़रूरत से ज़्यादा भी हंसता···सिर भी हिलाता, झुक-झुककर आदाब भी बजा लाता।

रजिस्टर पर दस्तखत करने के बाद दरबारी कमरे में पहुंचा, तो बब्बल के हाथ में बिस्कुट थे।

"ये किसने दिए?"

"बैरे ने।" सीता बोली।

"और यह—आइसक्रीम की कोन?

"पड़ोस का एक मेहमान दे गया है।"

और बैरा बच्चे के लिए दूध ला रहा था···जैसे वह सदियों से बेकार था और आज एकाएकी उसे कोई काम, ऐसा रोज़गार मिल गया था जो कभी खत्म होने वाला न था, जिसमें कभी छटनी नहीं होती, जिसके सामने 'टिप्स' की आमदनी और पगार कोई मानी न रखते थे। वह खुश था और दूध की कटोरी हाथ में थामे हुए वह यों खड़ा था, जैसे वह किसीको नहीं, कोई उसे कृतार्थ कर रहा है। वह जाना, टलना न चाहता था।

"अच्छा बैरा," दरबारी ने बेरहमी से बैरे को झिड़कते हुए कहा, "हम थक गए हैं, देखो ना, कब से चले हैं! अब थोड़ा आराम करेंगे।"

"जी!" बैरा बोला, "मेरी ज़रूरत पड़े साहब···"

दरबारी ने खट से दरवाज़ा बन्द कर लिया और अन्दर से चटखनी चढ़ा दी। वह सचमुच थक गया था। उसने एक गहरी सांस ली और जाकर बिस्तर पर बैठ गया। उसे सीता का बब्बल को दूध पिलाना बुरा लग रहा था। लेकिन वह कुछ कह न सकता था। कहता तो बुरा लगता, बहुत ही बुरा।

तभी अपने खिलन्दरीपन से बब्बल ने कटोरी को हाथ मारा और दूध नीचे गिर गया, "हाय! गन्दा कहीं का!" सीता ने कहा और रूमाल से उसका मुंह पोंछने लगी और झाड़न से फर्श साफ करने। बब्बल को हाथ लगाने की देर थी कि वह सीता की बांह पकड़कर खड़ा हो गया।

सीता अन्दर ही अन्दर कांप रही थी, दरबारी कुछ शर्मिन्दा-सा नज़र आने लगा था।

"यह होटल कोई इतना अच्छा नहीं।" वह यों ही सी कोई बात करने के लिए बोला।

"ठीक है।" सीता बेपरवाही से बोली।

फिर दरबारी ने नाक सिकोड़कर इधर-उधर सूंघा और कहने लगा, "कोई बू-सी आ रही है···" और फिर उसने शर्मिन्दगी के कतरे अपने माथे पर से पोंछ डाले और बेसब्री की हालत में बोला, "तुम अब उसे छोड़ो भी!"

सीता ने बब्बल को बिठाने की कोशिश की, लेकिन वह तकला हो गया।

दरबारी ने एक ऐशट्रे बब्बल के पास ला रखी और बब्बल उसे खिलौना समझकर लपका। वह बैठ गया और खेलने लगा।

फिर आगे बढ़कर दरबारी ने एक अनाड़ी, बेढंगे, भोंड़े अन्दाज़ में सीता का हाथ पकड़ लिया।

"भगवान के लिए···" सीता बोली और उसने बब्बल की तरफ इशारा किया।

लेकिन दरबारी की आंखों पर जैसे कोई चर्बी छाई हुई थी।

उसे कुछ न दिखाई दे रहा था। सिर्फ एक ही एहसास था कि वह है और एक तरोताज़ा और शादाब लड़की। वह तेज़ी से सांस ले रहा था। उसने जब अपने बाज़ू सीता के गिर्द डाले तो वे गोश्त-पोश्त के नहीं, लकड़ी के मालूम हो रहे थे और सीता के नर्म और गुदगुदे जिस्म में खुपे जा रहे थे। सीता ने कोई रोक-टोक न की। दरबारी की बांहों में कांपती हुई वह हर क्षण बेदम होती जा रही थी···आज वह खुद भी बेसहारा हो जाना चाहती थी।···

बब्बल ने डरकर दोनों की तरफ देखा।

सीता को अभी तक रोते देखकर दरबारी सीता से कह रहा था, "वही मतलब हुआ न··· तुम मुझसे प्यार नहीं करतीं।"

"मैं तुमसे प्यार नहीं करती? ··· मैं तुमसे ···"

बब्बल ने ऐशट्रे की राख मुंह पर मल ली थी और अब रोने लगा था।

"चुप बे···" दरबारी ने नफरत और गुस्से के साथ कहा।

सीता चौंकी। वह बाहर भाग जाना चाहती थी, लेकिन—उसके हाथ-बाज़ू जवाब दे चुके थे।

दरबारी की डांट के बाद बब्बल ने एक वहशत के आलम में चिल्लाना शुरू कर दिया। दरबारी एकदम आगबबूला हो गया। वह लपका जैसे बच्चे का गला घोंट देगा; मर्द और औरत के बीच इस बेमेल आवाज़ को हमेशा के लिए खत्म कर देगा। बब्बल के पास पहुंचते ही उसने ज़ोर से एक थप्पड़ बब्बल को मार दिया। वह लुढ़ककर दूर जा गिरा।

"शर्म नहीं आई!" कहीं से मिसरी की आवाज़ आई।

दरबारी ने पलटकर देखा—मिसरी नहीं, सीता थी जो किसी अनजानी ताकत के आ जाने से अर्धनग्न अवस्था में उठकर बब्बल के पास चली आई थी और उसे उठाकर अपनी छाती से लगा लिया था। बब्बल सीता की छातियों में सिर दिए रो रहा था, सिसकियां ले रहा था। फिर उसने अपना मुंह उठाया और बंधी हुई घिग्घी के बावजूद दरबारी की तरफ इशारा करने लगा, जैसे कह रहा हो, 'इसने मुझे मारा!'

आज दरबारी को पता चला, वह किस कदर नीच, किस कदर कमीना और किस कदर वहशी है! वह सीता से इतना शर्मिन्दा न

था जितना बब्बल से···आने वाली पीढ़ियों को वह क्या जवाब देगा? लेकिन अपने-आपको हक-ब-जानिब कहने की उसके पास अभी बहुत-सी दलीलें थीं।

तभी दरबारी ने अपना सिर किसी दलदल में से उठाया और बब्बल की तरफ देखने लगा। वह सीता की तरफ देख भी न सकता था, क्योंकि कुछ कपड़े उसके बदन पर नहीं थे और जो दरबारी को दुनिया का नीच इंसान समझ रही थी, जो इस कमीनी हद तक उतर सकता था···फिर वह कुछ भी नहीं समझ रही थी।

शर्मसारी, नदामत और शर्मिन्दगी से दरबारी ने अपना हाथ बब्बल की तरफ बढ़ाया। सीता का बस चलता तो वह कभी बब्बल को उसके हाथों में न देती। लेकिन वह क्या करती, बब्बल खुद ही लपककर दरबारी के बाज़ू में चला आया था। अब दरबारी के पास कोई दलील नहीं थी और न सीता के पास।

"सीता!" दरबारी ने कहा।

सीता कुछ न बोली।

"सीता!" दरबारी फिर बोला, "तुम कभी···कभी मुझे माफ कर सकोगी!" और फिर जाकर एक हाथ से सीता का नंगापन ढक दिया और दूसरा बाज़ू, बड़े प्यार के अन्दाज़ में उसके गिर्द डाल दिया और कहने लगा, "हम पहले शादी करेंगे।"

अब सीता दरबारी से लिपट गई और बच्चों की तरह से फूट फूटकर रोने लगी। उसके आंसुओं में अब दरबारी के आंसू भी शामिल हो गए थे। दोनों के दुःख एक हो गए थे, और सुख भी··· और बीच में साला बब्बल यों हंस रहा था जैसे कुछ हुआ ही नहीं।

●●●